冒险最大的乐趣就在于无法预料

6 布莱顿
少年冒险团

安德拉的宝藏

The *Ship* of Adventure

［英］伊妮德·布莱顿 著

项黎栋 译

浙江文艺出版社

图书在版编目(CIP)数据

布莱顿少年冒险团6，安德拉的宝藏 / （英）伊妮德·布莱顿著；项黎栋译. —杭州：浙江文艺出版社，2020.3（2022.3重印）

ISBN 978-7-5339-5951-7

Ⅰ.①布… Ⅱ.①伊… ②项… Ⅲ.①儿童小说—长篇小说—英国—现代 Ⅳ.①I561.84

中国版本图书馆CIP数据核字（2019）第294171号

责任编辑 童潇骁
装帧设计 吕翡翠
责任印制 吴春娟
插　画 呼呼CASSIE

布莱顿少年冒险团6：安德拉的宝藏

[英] 伊妮德·布莱顿 著 项黎栋 译

出版 浙江文艺出版社
地址 杭州市体育场路347号
邮编 310006
网址 www.zjwycbs.cn
经销 浙江省新华书店集团有限公司
制版 杭州天一图文制作有限公司
印刷 浙江新华数码印务有限公司
开本 880毫米×1230毫米 1/32
字数 168千字
印张 8.125
插页 2
版次 2020年3月第1版
印次 2022年3月第3次印刷
书号 ISBN 978-7-5339-5951-7
定价 32.00元

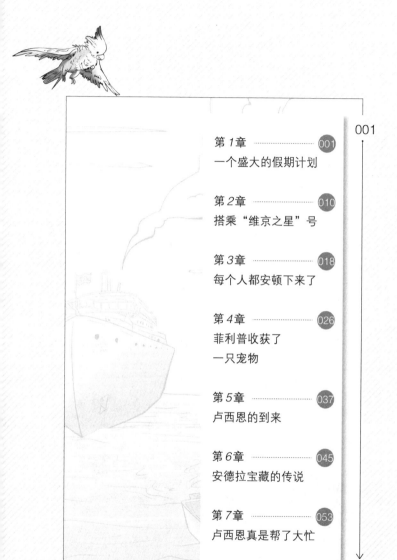

001

062

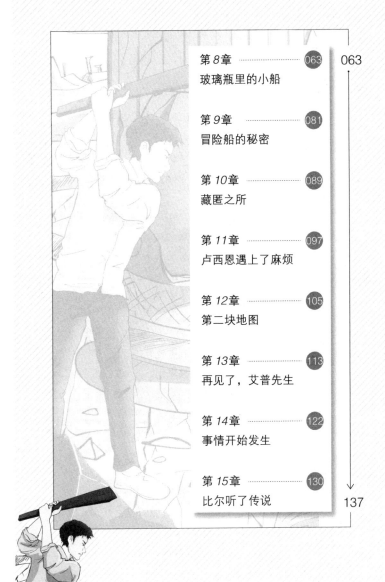

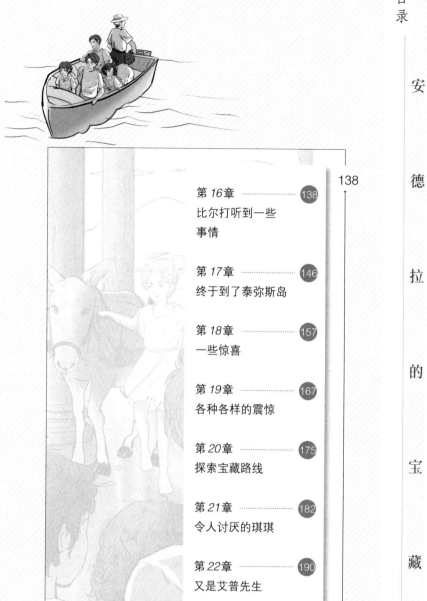

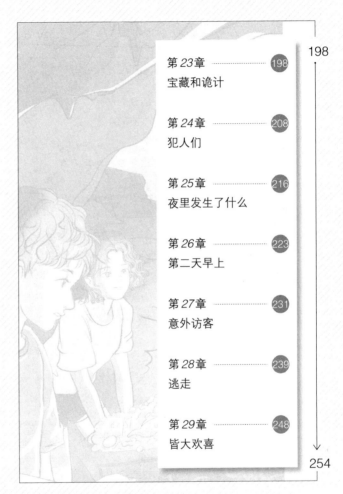

第1章
一个盛大的假期计划

"妈妈肯定是暗中有了什么打算，"菲利普·曼纳林推测，"肯定是这样。所以她一副神秘兮兮的样子。"

"没错，"菲利普的妹妹黛娜附和道，"每次我问她这次假期去干什么，她只是说'等着瞧吧'，好像把我们当成才十岁的小孩子似的!"

"哦，对了，杰克上哪儿去了?"菲利普突然想到，"他也许知道妈妈这次到底在搞什么名堂。"

"他跟露西安出去了，"黛娜说，"啊哈——我都能听见鹦鹉老琪琪的尖嗓门了。他俩现在过来啦!"

话音刚落，杰克和露西安·特伦特就一块儿走了进来。他们都是一头红发、一双绿眼睛，脸上长着好多小雀斑。杰克正咧嘴笑着。

"哈啰! 你们刚才真应该和我们待在一起。有一只狗朝琪琪叫呢，而她落在篱笆边上，冲着这只狗'喵喵喵'地叫。我打赌，你们肯定从没见过一只如此吃惊的狗!"

"它竟然吓得夹起尾巴逃跑了，"露西安一边说，一边揉着琪琪的脑袋。这只鹦鹉知道孩子们是在说她呢，于是又开始学起猫叫来。接着她还发出咝咝声，模仿一只愤怒的猫。孩子们都被她逗笑了。

"琪琪，你要是像这样凶地对那只狗叫，它肯定会被你吓死的。"杰克说，"我们可爱的老琪琪，只要有你在，没人会觉得无聊。"

琪琪开始左右摇晃起来，发出低低的声响，然后越叫越大声。

"好了好了，你现在真是炫耀个不停啊，"菲利普说道，"快别理睬她了，不然她继续这么鬼叫下去，妈妈该冲进来啦。"

"这倒是提醒了我——你们知道妈妈最近在捣鼓什么神秘计划吗?"黛娜问道，"露西安，你有没有注意到什么?"

"嗯，艾莉阿姨确实表现得好像在暗中策划着什么似的，"露西安想了想，"特别像每次谁的生日快到的时候。我猜她肯定是有什么关于暑假的计划。"

杰克抱怨道："啊，不! 我也有一个超级完美的假期计划，简直妙极了! 看来我最好是在艾莉阿姨行动之前实施我的计划。"

"你有什么计划?"黛娜很好奇。杰克总是满脑袋的妙计，尽管没多少真正实现的。

"咳咳——我觉得我们可以骑着各自的自行车，带上露营的帐篷，每晚在不同的地方过夜，"杰克告诉他们，"那一定超级棒的!"

但是其他三个人全都鄙视地看着他。"拜托，你上次，还有上上次假期都是这么建议的，"黛娜说，"但是妈妈哪次不是说'不可以'，这次她也不太可能会说'可以'啊。让我们自己出去冒险当然是一个很好的主意——但是我们之前已经有很多次这样的冒险活动了，妈妈肯定不会再同意了。"

　　"要是她和我们一起去呢？"露西安满怀希望地建议道。

　　"那你就太愚蠢了！"黛娜立马否定了这个想法，"妈妈就像小鹿一样——大人们总是过分地、非常地讲究很多事情。要是她在场，在第一滴雨落下来的时候我们就必须换上雨衣，太阳一被云挡住我们就必须穿上外套，要是我们每个人的自行车车把手上都必须挂上一把雨伞，我也完全不会惊讶。"

　　其他人听了都大笑起来。"那我想请艾莉阿姨和我们一起出去冒险的确是行不通的，"露西安放弃了，"真遗憾！"

　　"真遗憾，真遗憾，"琪琪立马附和着喊起来，"把你的脚擦干净，再把大门关起来，手帕丢哪儿了呀？你们这些闹腾的男孩儿！"

　　"啊，还是琪琪有办法！"菲利普有了主意，"就是最友好的大人也会这么说，对吧，琪琪，我们的老鹦鹉？"

　　"比尔不会这样子的，"露西安立马想到，"比尔完全可以接受。"

　　他们四个人立马就统一了意见。比尔·坎宁安或者比尔·斯莫格斯，他第一次见到这群孩子时就是这样介绍自己的，他是孩子们忠实的朋友，曾经和他们一起进行了许多次冒险旅程。

有时候是孩子们把他拽进来的，有时候又是他把菲利普他们带进冒险活动里——他要是有一个冒险计划，菲利普他们几个就立马加入。就像曼纳林夫人所说，哪里出现了冒险活动，哪里就准有比尔和这群孩子的身影。

"我也有一个假期计划，"菲利普说道，"我们要是去下游的河边露营也一定超级好玩的，可以找找水獭。我从来没见谁把一只水獭当作宠物。它们多可爱啊！我觉得——"

"你竟然会这么想，"黛娜半带着怒气说，"就因为你对所有生物都很着迷，从跳蚤到……"

"大象。"杰克亲切地帮她补上后半句。

"没错，从跳蚤到大象，然后你就觉得我们所有人都像你一样，"黛娜继续说道，"那将会是一个可怕的假期——到处找湿答答的、黏糊糊的水獭——让它们待在露营的帐篷里，我猜——你也会对其他可怕的动物这么干。"

"住嘴，黛娜，"菲利普辩解说，"水獭才不可怕，它们多可爱啊，你真应该亲眼看看它们在水下游泳的样子。顺便纠正一下，我没有对跳蚤、蚊子，或者马蝇着迷，我只是觉得它们好玩，你可别胡说，我从来没把它们当成宠物养过。"

"那些地蜈蚣呢，你怎么说？它们从你给它们定做的愚蠢无比的笼子里跑了出来。真是太恶心了！还有那个锹形甲虫搞的鬼呢？还有——"

"天哪，打住打住，我们都跑题了！"眼看着菲利普和头脑发热的黛娜即将再一次爆发熟悉的争吵，杰克赶紧站出来制止，

"再这么说下去，大概我们又得听一遍那份超级长的菲利普宠物名单了。好了，现在继续说回艾莉阿姨吧。我们可以问问她对我们这些度假想法的意见。菲利普，你先上。"

曼纳林夫人正好拿着一本册子走了进来，她微笑着环视了一下四个孩子，琪琪尤其高兴地挺起胸脯表示欢迎。

"把脚擦干净，再把大门关起来，"琪琪用一种亲切的口吻说，"一——二——三，跑！"她随即发出一个信号枪发令的声音，吓了曼纳林夫人一跳。

"妈妈，没事的——琪琪自从去学校观看了运动会，听到过发令员如何对我们发令和鸣枪后，就总喜欢时不时这么来一下，"菲利普咯咯笑道，"有次我们几个站成一排准备出发和结束都是她给我们发令的，玩了很久呢！您应该知道她还会念叨个不停吧。这个小坏蛋！"

"淘气的小鹦鹉，可怜的小鹦鹉，遗憾，真是遗憾啊。"琪琪念道。杰克拍拍她的小嘴。

"安静点，鹦鹉被观赏就好，不要发出声音。艾莉阿姨，我们刚才正在讨论假期计划呢。如果您允许我们骑自行车出去，每晚选择喜欢的地方过夜那就太棒了！我知道您之前并不同意，但是——"

"这次我也一样不同意。"曼纳林夫人坚决地表态。

"妈妈，那我们能不能去河边，在那里露营呢？我想探寻更多关于水獭的情况。"菲利普问道，完全没理会黛娜的怒视，"您瞧——"

"不行，菲利普，"妈妈回绝了，一如刚才坚决，"你明知道我不让你去这类冒险活动的原因，我真没想到你到现在还会跑来问我。"

"您究竟为什么不让我们去呢？"露西安哭诉道，"我们会平安无事的。"

"露西安，只要你们四个人在假期里离开我的视线，你们就会立刻——没错，立刻——落入我所能想象的最可怕的冒险里。"曼纳林夫人听上去很暴躁，"这次假期我下定决心，决不会让你们离开我的视线独自去任何地方，所以关于这种事到此为止，不要再来问我了。"

"但是妈妈，这也太没道理了，"菲利普沮丧地说，"照您这么说，我们是出去特意寻找冒险，但我们并没有啊。而且我们只是去下面的溪流边露营而已，能遇到什么样的危险啊？如果您愿意的话，为什么不每晚亲自过来看看我们。"

"好的——然后我可能第一晚会发现你们在其他地方闹腾，和强盗、间谍或者无赖这类人混在一起。"妈妈接着说，"想想你们以前的那些假期，有一次你们掉进了荒岛上的一个旧铜矿区，还有一次你们和一群间谍一道被困在旧城堡的地牢里头。"

"没错，还有一次我们上错了飞机，被带去了冒险谷。"露西安回忆道，"那时我们找到了被藏在洞穴里的失窃的雕像，它们的眼睛甚至闪烁出微光，我简直以为它们都是活生生的，然而不是。"

"在这之后的一次我们和比尔一起去了鸟岛，"杰克说，"超赞的地方！我们还收获了两只温顺的海鹦。菲利普，你还记得吧？"

"呼呼和噗噗。"琪琪立马插嘴。

"老鸟，你说得没错，"菲利普回应道，"它们就是呼呼和噗噗，我太爱它们了。"

"就算你们当时是去找鸟玩的，但是你们却发现了一群罪犯的老巢，"他妈妈说，"那可是一群军火走私犯啊！太可怕了。"

"妈妈，去年那个假期如何？"黛娜提到，"你差点就赶上我们的那次冒险了呢！"

"非常糟糕！"曼纳林夫人哆嗦着说，"那座什么讨厌的山充满了古怪的秘密，还有疯狂的山中之王，你们差点就逃不出来了。这次绝对不允许——我非常严肃认真地告诉你们，绝不能独自去任何地方，我一定要跟你们在一起！"

一时间大家都不说话了。四个孩子都很爱曼纳林夫人，但他们实在是很想独自度过假期的一段时光。

"艾莉阿姨，如果比尔跟我们一起去呢？那样可以吗？"露西安询问道，"跟他待在一起总是让我感到很安心"。

"在避免冒险这件事上，比尔也不值得被信任。"曼纳林夫人回应说，"他人很好，相比这世上的其他人，我更信任他。但只要你们和他组合在一起，就难保不会发生什么奇怪的事情。行了，我已经为你们制订好了万无一失的假期计划，但不包括比尔在内。这样一来，我们也许能躲开那些危险离奇的事情。"

"妈妈，你的计划是什么？"黛娜紧张地问道，"可别告诉我们是去海滨酒店之类的，他们绝不会让琪琪跟我们在一起的。"

"我会带你们搭乘一艘大船来一次海上度假，"曼纳林夫人笑着说，"我知道你们会喜欢这个计划的。那一定非常有趣。我们会停靠在各种地方，参观各种新奇的事物。而且我能确保你们都在我眼皮底下，所有时间都在这艘船上。这艘船会是我们暂时的家，就算我们在不同港口下船，我们也会一起去参加派对活动。这样一来就绝不会发生什么奇怪的冒险。"

四个孩子面面相觑。琪琪也看着他们。菲利普率先说话：

"妈妈，这听上去一点也不刺激！虽然我们几个确实从来没坐过大船，但是我会想念我的那些动物……"

"得了吧，菲利普，离开你那群没完没了的动物，你肯定一样能活！"黛娜大声回应道，"我不得不说，一想到你不会带着老鼠、蜥蜴或者盲缺肢蜥，我就觉得这是一个极大的解脱！妈妈，这计划听上去棒极了。非常感谢你想出这样一个让人兴奋的假期计划！"

"没错，这听上去太好了，"杰克说，"我们将看到许多我从没见过的鸟。"

"只要有鸟，杰克就会很高兴。"露西安笑道，"菲利普痴迷于各种生物，杰克则是钟爱鸟儿们。真是万幸，我们两个女孩没有过度痴迷其他什么事物。艾莉阿姨，你这个计划真不错。我们什么时候出发呢？"

"下周，"曼纳林夫人说，"我们会有足够的时间打包行李和做好准备，这次海上度假期间天气会很暖和，所以我们只需要带一些轻薄的衣物。白色的衣服是最佳选择，不会吸附太多热量。旅行中，你们都必须一直戴着太阳帽，不许抱怨。"

"比尔难道不一起去吗？"菲利普问。

"不。"妈妈斩钉截铁地回答，"他刚结束手头上的工作，也需要一个假期。但是这次他不会跟我们一起去度假，因为我只想要一个完全没有冒险的平静美好的假期。"

"可怜的比尔，"露西安说，"但我敢说，换一种方式，不和我们一起度假，应该让他也挺高兴的。这次假期将会非常有趣。"

"有趣！"琪琪跟着说，发出一阵兴奋的尖叫，"有趣！有趣！太有趣了！"

第2章
搭乘"维京之星"号

　　做各种准备工作真是趣味十足：购买轻薄的衣物，超大的遮阳帽，相机需要的大量胶卷，指导手册和地图。这将是一趟为期挺久的海上度假，这艘大船将去葡萄牙、马德拉、摩洛哥、西班牙、意大利和爱琴群岛。这会是一次超级棒的旅行！

　　最后一切都准备就绪了。汽车后备厢装满打包好的行李，并用皮绳捆好。船票寄到了，护照也是。每个人都沮丧地叫唤着，因为自己的护照照片看起来怪丑的。

　　琪琪也跟着尖叫起来，凑凑热闹。虽然没人鼓励她，但她就是喜欢大喊大叫。尤其是当大家都这样做的时候，像这样尖叫几声也无妨。

　　"闭嘴，琪琪，"杰克把她从肩膀上推开，"你在我耳边再这么大叫试试！要把我耳朵震聋了。艾莉阿姨，琪琪也会得到一本护照吗？"

　　"当然不会，"曼纳林夫人回答，"我甚至不敢确定她会不会被允许跟我们一起去度假。"

　　杰克万分沮丧地看着她说："可是——没有琪琪，我没法就这么去旅行。我做不到把她丢在家里。那样她就太可怜了。"

"我知道，我会写信去问清楚，你是不是可以带着她。"曼纳林夫人安抚道，"但是，哪怕最后我们得到的回复是不可以，你也不能吵吵闹闹。安排这趟旅程可是花了我很多心血，我不希望你因为琪琪把这件事搅黄了。我想象不到琪琪会被允许的可能，船上的其他乘客很可能会拒绝一只像她那样聒噪的鸟吧。"

"只要她愿意，她也可以做到非常安静啊。"可怜的杰克辩解道。琪琪抓住这个时机，打起嗝来。她模仿得很像那么回事儿，这往往让曼纳林夫人很烦恼。

"快住嘴，琪琪。"她命令道。琪琪停下打嗝声，略带责备地看着曼纳林夫人。然后她又开始咳嗽起来，是一种有点假装的轻咳声，应该是从园丁那儿学来的。

曼纳林夫人努力憋住不笑。"这小鸟真是有点蠢萌，"她评论道，"甚至有点疯癫。好了，我把我们出发前该做的事情的清单放在哪儿呢？"

"一，二，三，跑！"琪琪大喊道，杰克及时阻止了她发出发令枪响。曼纳林夫人走出房间后，杰克一本正经地对琪琪说：

"琪琪，我很可能没法带上你一块儿走。我不能只因为你，在最后时刻扰乱已经安排好的一切。但我会尽我所能，所以振作一点。"

"天佑吾王。"琪琪念叨着，她从杰克的脸上也感受到了这一刻的严肃，"可怜的鹦鹉，淘气的鹦鹉！"

出发前的最后几天简直度日如年。露西安抱怨道："为什么在你急切盼望什么事快点发生的时候，时间却偏偏走得这么慢呢？周四好像永远不会到来似的！"

杰克并不像其他几人那样兴奋，因为回信来了，信上明确告诉他们，鹦鹉不能被带上船。四个孩子都为此感到失落，尤其是杰克，他满心忧虑。但是他没有丝毫抱怨，或者让曼纳林夫人担忧。她也关心杰克，提议可以帮他在村庄里联系一名女士来代为照顾琪琪。

"她曾经也养过鹦鹉，"她说，"我觉得她肯定很高兴能照料琪琪一段时间。"

"谢谢艾莉阿姨，但是不用了。我自己能处理好这件事的。"杰克委婉地表示了拒绝，"请别再提这件事了！"

曼纳林夫人也不好再说什么，而此时琪琪正坐在茶几上，趁着没人发现前把蛋糕里的无核葡萄干挑出来。看到这一切的曼纳林夫人也一声不吭。

周三这天，他们五个坐上曼纳林夫人的汽车前往南安普敦，后面跟着另一辆满载着行李的汽车。所有的人非常兴奋，每个人都负责搬运某些物品。露西安紧张兮兮地时刻关注着自己的行李，确保自己没弄丢它。

这天晚上他们在一家旅馆住下，准备第二天早上八点半上船去赶潮汐。他们搭乘的船大概会在十一点左右出发，冒着蒸汽缓缓地驶往法国——太让人兴奋了！

他们在旅馆好好享用了一餐后，曼纳林夫人建议大家一起去看场电影。她敢肯定这时候叫这些孩子像往常时间那样去上床睡觉，他们没一个能睡着的。

"艾莉阿姨，你会介意我出去见一个学校里的朋友吗？"杰克问道，"他就住在南安普敦，我想给他一个惊喜。"

"当然可以啊，"曼纳林夫人欣然同意，"但是别太晚回来。菲利普，你要一起去见这个朋友吗？"

"杰克，那家伙是谁？"菲利普问道，但是杰克早就快走出房间了，只传来一阵嘟嘟囔囔的声音。

"他说了什么？"菲利普问其他人。

"我听着像是'波奇'。"黛娜回答说。

"波奇猪？我不明白他在说什么。"菲利普很费解，"大概是哪个讨厌鸟的家伙吧。我要跟你们一起去电影院。我想看那些有野生动物的画面。"

其他人都出发去了电影院，没再看到杰克。当他们回来时，杰克已经在家了，正在翻阅曼纳林夫人买的指导手册。

"嘿！见到那个波奇了？"菲利普问道。杰克没有回答，只是皱了一下眉，菲利普很困惑。杰克在玩什么把戏？菲利普很快换了个话题，开始谈论他们刚才看的那些电影画面。

"好了，现在都去睡觉吧。"曼纳林夫人说道，"菲利普，快别聊了。你们都快点去睡觉，记住，明天早上必须七点起床。"

每个人在七点前早就醒来了。女孩们聊着天，菲利普和杰克也闲谈着。菲利普又问起了杰克前一晚的事情。

"为什么在我问你波奇的事情时，你让我闭嘴呢？"他问道，

"说说，波奇到底是谁啊？"

"他是那个叫霍根斯尼的家伙，"杰克回答道，"他的绰号是波奇。他几年前离开我们学校的，他总是很想把琪琪借过去，你记得吗？"

"啊，那个波奇啊，当然记得了。"菲利普恍然大悟，"我差点忘了他。杰克，所以呢？你看上去神神秘秘的样子！"

"别再问我任何问题了，因为我不想再回答了。"杰克终止了这个话题。

"有趣，你还真是挺神秘啊。"菲利普说道，"我敢肯定一定是跟琪琪有关。我们问你打算怎么处理琪琪的时候，你每次都是搪塞我们，我们也就没再继续追问你。"

"既然如此，那你现在也别再追问了啊。"杰克说，"我现在什么也不想说了。"

"行行行，"菲利普投降道，"我肯定你在计划着什么。来，快起来。虽然现在还不到七点，但是我们也不能就这么在床上躺着什么也不干。"

八点半之前所有的人都上了船。曼纳林夫人找到了他们各自的船舱，三间挨在一起：她自己的是单独一间，另外两个双人间是给四个孩子的。

露西安对此很满意。"它们就像大小正合适的小房间，"她评价说，"杰克，你们的船舱跟我们的一样吗？瞧，我们这里还有冷热水呢！"

"我们船舱顶上有一个电风扇，"菲利普来到门边，"有点奇怪，但又有点好玩和酷酷的。你们也有一个呢！"

"水面恰恰就低于我们的舷窗，"黛娜看着外面说道，"如果大海突然波涛汹涌起来，海水大概会从这个窗里灌进来吧。"

"在这发生前，一切就已经全完了！"菲利普说，"但我挺满意我们的船舱临着吃水线，在这有点暖和的天气下，待在这里还挺凉爽。是不是超级棒！我好期待出海啊！"

他们又都挪到曼纳林夫人的船舱那儿，她的略微小一点。接着，孩子们又一起探索起这艘轮船。它还挺大，但不算巨大，从上到下都是白色的：白色的烟囱、白色的栏杆和白色的船身。

它的名字被写在挂在甲板两侧的救生艇上：维京之星。露西安在嘴里反复念着。

"我猜，明天会对我们进行救生艇的演练吧。"曼纳林夫人也加入了孩子们的探索之旅。

"在我们船舱的橱柜里还有很大的救生衣。"露西安跟大家分享自己的发现，"我猜你们要把它绑在自己身上。"

"你们先把它从头上套下，让一半的救生衣在身前，一半在身后，然后你们用绳子把它和自己牢牢绑住。"曼纳林夫人向孩子们介绍衣服的穿法，"你们明天都会需要在救生艇演练里穿救生衣的。"

这一切听上去都太有趣了。他们绕着船走了一圈，对一切事物都感到很兴奋。船上还有一个运动甲板，有人已经在上面用绳子玩套圈游戏了，还有两个人在玩甲板网球。"竟然能在船上玩这些游戏，真是太神奇了！"黛娜感叹道。

"甲板底下还有一个电影院，"曼纳林夫人告诉他们，"一个阅览室，一个图书馆和一个休息室，哦，还有一个超大的餐厅！"

"我的天哪，快看那里！船上竟然还有一个游泳池！"当他们走到船的尽头时，杰克冲着那个漂亮的游泳池惊讶地大喊。泳池的水面泛着波光粼粼的蓝色。

游轮突然发出两声巨响。露西安被吓得差点跌进泳池里，惹得曼纳林夫人哈哈大笑。

"露西安，这声响让你吓了一跳吧？它让我也吓了一跳！"

"这噪声真是大得可怕啊！"露西安说，"我的天，幸好琪琪不在这儿，不然她大概要学着汽笛声叫起来吧。"

"笨蛋，快别说了，"黛娜低声说，"别提醒杰克我们没法带上琪琪一起度假这件事。"

露西安扫视四周，但没看到杰克的身影。"他去哪儿了？"露西安询问黛娜。但是没人看到他去哪儿了。

"他大概就在附近什么地方吧。"菲利普说，"我看，我们马上就要出海了。瞧，他们已经把舷梯收起来了。我们马上要出发了！"

"我们都站在这边，跟码头上的人挥手道别吧。"露西安建议道。她倚着栏杆，看到人们都挤着拥到码头的最前沿，他们都在喊叫和挥手。突然，露西安尖叫了一声。

"看！快看！那儿有个带着鹦鹉的人，那鸟真像琪琪啊！还真是，就是琪琪！杰克在哪儿？我必须告诉他这件事。杰克到底上哪儿去了。”

船现在已经发动了，孩子们感到脚下一阵震动。露西安远远地望着那只鹦鹉，她简直太像琪琪了。

“是琪琪！”露西安大喊道，“琪琪！琪琪！再见了！我敢肯定一定是你！”

那只鹦鹉被链条绑住，系在一个年轻男子的手腕上。因为码头上的吵闹声，孩子们也分不清这会儿这只鹦鹉是不是在叫唤。但是她简直太像他们的琪琪了。

“我们出发啦！我们已经离开码头了！”菲利普激动地大喊，“万岁！我们出发啦！”他像疯了似的跟大家挥手。露西安望着那只鹦鹉，也挥着手告别。随着船开往开阔的水面，鹦鹉也显得越来越小。但她的主人似乎遇上了一些麻烦，鸟儿开始拍打翅膀，对他啄个不停。

突然，这只鹦鹉挣脱了链条，飞到空中。她掠过码头和船之间的水面，疯了似的喊叫着。

“就是琪琪！是她，真的是她！”露西安大喊道，“杰克，你在哪里，杰克？”

第3章
每个人都安顿下来了

黛娜、露西安和菲利普全都急忙去找杰克。鹦鹉已经飞到了船上，但是他们没看见她飞到哪儿去了。他们现在完全确定那一定就是琪琪。菲利普打了一个激灵，觉得杰克肯定不会像他们三个那样惊讶。

气人的是他们怎么也找不到杰克。他们在船上到处搜寻了一遍，最后是露西安突然想到，或许他就在自己的船舱里。"他可能待在那里了。"她说，"虽然在船即将离开南安普敦这个激动人心的时刻，我也想象不出他为什么要把自己关在船舱里！那只鹦鹉又上哪儿去了呢？它好像也不见了。"

他们匆匆走过通向船舱的楼梯和过道，推开杰克船舱的门，然后全部拥入，喊道："杰克！你真的在这儿吗？你猜我们看到了什么？"

但他们被眼前的景象惊到了。杰克就坐在船舱里的床铺上，琪琪则落在他的肩膀上，正冲着他的耳朵发出奇怪的低吟声，轻柔地拉扯着他的耳朵。

"天哪！"菲利普大叫，"琪琪找到了你。我猜这就是她吧？"

018

"当然是啦，笨蛋。"杰克回答道，"是不是运气很好？波奇那个老朋友用链条把她绑在手腕上，带着她来码头和我道别，但她挣脱了链条，朝我飞来！我们勇敢的老琪琪，直接飞进了我的舷窗！"

"波奇？那个你以前在学校里认识的家伙！你把琪琪交给他看管吗？"露西安吃惊地问道，"但是，她是怎么到南安普敦这个地方来的？"

"我昨天把她放车里带来的，"杰克回答，用一只手罩住耳朵，这样琪琪就不能再咬了。"我把她装在一个野餐篮里，安静得像一只老鼠。天知道我昨天有多担心你们中的某个人让我打开篮子，拿点吃的！"

"可是，琪琪就这么逃了，波奇不会为此沮丧吗？"黛娜担心地问道。

"她是怎么知道你在这里的，如果你一直待在船舱里的话？"露西安感到很好奇，"她大概是听到我在喊她。肯定是这样！她听到了我在大喊'琪琪！琪琪！'就激动地挣脱了链条，飞了过来，然后靠运气选对了你在的舷窗！"

"你最好把这一切告诉艾莉阿姨，"杰克咧嘴笑着说，"这会是一个很有意思的故事，比我的还有意思！"

他们三个静静地盯着杰克。"你真是一个狡猾的大骗子！"菲利普最后打破了沉默，"肯定是你事先安排了这一切，我敢打包票肯定是你！没错，甚至安排了链条断裂，还有让琪琪看到或是听到你的所在。"

"她大概是听到我在喊她。肯定是这样！她听到了我在大喊'琪琪！琪琪！'就激动地挣脱了链条，飞了过来，然后靠运气选对了你在的舷窗！"

杰克又咧嘴笑起来："我觉得露西安的解释很不错——朝琪琪那样大喊，让她激动得掠过水面飞到船上。不管怎样，她已经在这里了，而且会待在船上。我觉得最好是让她待在船舱里。"

　　老琪琪现在成为了孩子们关注的焦点，这让她很享受，但是她弄不明白游轮发动机造成的震动，一直竖着脑袋侧耳倾听。她试图模仿这个声响，但不是很像。

　　"好了，你现在可别发出什么奇怪的噪音，"杰克警告她，"如果你不想被船长拖出去的话，听懂了吗？"

　　"砰！去追黄鼠狼。"琪琪喊道，然后去啄杰克的耳朵。她又突然打了一个非常逼真的喷嚏。

　　"别，"杰克制止道，"快用你的纸巾！天哪，琪琪，我可真做不到丢下你自己去旅行。"

　　每个孩子都很满意琪琪能安全地跟他们待在一起。他们尽可能委婉地把这个消息告诉了曼纳林夫人。她恼怒地听完了，但既然琪琪的到来目前没有给她带来什么不幸的事故，她只好叹了口气。

　　"行吧，既然她已经在这里了，那就让她待着吧。但是杰克，你必须把她一直关在船舱里。如果其他乘客抱怨琪琪，你会惹上麻烦的。你一定要盯紧她，不然她可能被送去船员所在的甲板，关进笼子里。"

　　所以琪琪就被关在了船舱里，度过了她在船上的第一天，分不清是自己眩晕了还是一直有什么轻微的地震在发生。她完

安德拉的宝藏

全不知道自己此刻正在一艘游轮上，也理解不了这些震动，虽然她有过许多次在小船上的经历。

第一天很令人愉悦也很漫长。"维京之星"号在平静的湛蓝海水中轻松前行，它的发动机发出咕噜咕噜的声响，身后奶油质感的夜色一望无垠，但又延伸至地平线那端。英格兰很快就被抛在后面，第一站是葡萄牙的里斯本。

到底下那间巨大的餐厅用餐是很有趣的，孩子们可以从长长的菜单上选择他们想吃的食物。跑到上面的运动甲板去打网球，在追逐橡皮圈时保持平衡也有趣极了。上床睡觉甚至更有意思，因为这意味着要蜷曲在一张狭窄的仅有铺位大小的床上。熄灯后，孩子们感受着电扇的阵阵微风为燥热的身体送来的凉意，听着海水在舷窗底下发出的哗哗声。

"真是太美妙了！"露西安在睡前感叹道，"我真希望这趟旅行不会成为一次冒险。我喜欢它现在的样子，哪怕没有冒险也已经够让人心潮澎湃了。"

但船行至法国比斯开湾的港口时，情况就没有那么好了。海水汹涌地翻腾着，船只上下颠簸晃动。曼纳林夫人一点也不喜欢这样。她待在船舱里，但这四个孩子却十分自在，如鱼得水。他们每餐必到餐厅去，认真地按着长长的菜单从上往下吃。在服务员态度没那么坚决的制止声中，他们还会跑去上面的甲板打网球。

然后，非常突然，一切又改变了。海水变得又蓝又静谧，太阳热辣辣地亮起来，天空万里无云，甲板上的每个人都暴露在无瑕的白色中。

曼纳林夫人恢复了过来，但同时琪琪则越来越不耐烦自己被困在船舱里。她已经和每日照看船舱的服务员们成了朋友，他们很快从发现她的惊讶中恢复平静。

这两个服务员最开始完全没看到琪琪在哪儿。她待在舷窗一侧窗帘的后面，为了防止琪琪飞出去，杰克不得不把窗帘拉上。在进来整理床铺的时候，那个女服务员首先听到了琪琪的声音。

琪琪偷偷从窗帘后面窥探这个服务员，突然用一种坚定果断的声音说：“放下茶壶。”

那个女服务员吓了一跳。她站在门口四处打量着船舱，心想一定是有什么人在对她说话，但眼前却空无一人。

琪琪又打了一个响嗝。“抱歉。”她又开口了。女服务员这次吓呆了。她又环顾四周，打开了橱柜的门。

“真是遗憾，太遗憾了！”琪琪用一种惋惜的口吻说道，这让那个女服务员再也没法忍受了，赶紧跑出去找另一个男服务员，而他是一个看起来有点严厉和果断的苏格兰人，明显没什么耐心。

他走进船舱打量了下四周。“这位女士，有什么需要帮忙的？”他问那个女服务员，“什么吓到你了？这里什么也没有啊。”

琪琪很大声地咳嗽了一下，然后又打了个剧烈的喷嚏。“实在抱歉啊！”她说，“你的手帕呢？”

这下，轮到这名男服务员被吓呆了。他四下看了看这个船舱。琪琪又大声地打了一个逼真的哈欠。她真是能模仿不少声音啊。但她没有忍住，从窗帘后探出脑袋看看别人对自己这一系列表演的反应。

那名男服务员发现了她，大步走向舷窗。"瞧这儿，原来是一只鹦鹉呀！"他将自己的发现告诉女服务员，"你以前听到过这样的声音吗？一只聪明的好鸟一定总是做这样的事情！好了，小鹦鹉，你可真是聪明的鸟儿。"

琪琪飞到橱柜上面，看着这两名服务员。她先是睁开一只眼，再是用两只眼打量着他们，接着发出一声像是底下餐厅开饭时的敲打声。最后，她又发出一阵自己专属的笑声。

"那可真是跟开饭的声音一模一样啊，是不是？"苏格兰服务员很是惊讶，"这可真是一只稀有又漂亮的鸟儿。她的主人应该感到惭愧，他竟然把鹦鹉关在这里。"

"她确实吓到我了，"那名女服务员说，"我猜她也许会喜欢葡萄。我祖母家的鹦鹉就很喜欢吃葡萄。我去拿点过来。"

很快，琪琪就在享用黑葡萄了。当杰克回来见到她时，船舱满地撒满了葡萄籽，还有两个人呆呆地看着琪琪，眼神中充满了崇拜。

"你这脏兮兮的！"杰克看着满地的葡萄籽，严厉地斥责道，"你给我从橱柜那儿下来，然后把这些葡萄籽捡起来。"

"葡萄籽。"琪琪学着说，"砰，葡萄籽去追黄鼠狼。"

"希望她没惹到你们。"杰克对着两个服务员说。

"她简直太棒了，"女服务员说，"我从没见过这么聪明的鸟儿。你应该把她带到甲板上去炫耀一下。"

没过多久，杰克的确让琪琪待在他肩膀上，上了甲板，她的表现让所有的乘客又惊又喜。琪琪真是好好展现了自己一番。唯一让她没法忍受的是游轮的汽笛声，每次只要听到，她都会惊恐地从杰克肩膀上跌落。她不知道这是什么声音，是从哪儿传来的，所以每次只要听到，她就飞下杰克的肩膀把自己藏起来。

琪琪也参加了救生艇演练，露西安因为没有一件小号的救生衣可以穿而感到有点沮丧。他们都把衣服穿上，去了指定的救生艇，然后听了一位副官简短的演讲，关于危险来临时他们该怎么办。露西安真切地希望不会有危险。

"明天我们就要在里斯本靠岸了，"曼纳林夫人告诉他们，"但你们谁也别想着下船单独行动，我决不会让这趟旅行有任何意外发生。明天都要紧紧地跟着我，请务必牢记这一点！"

025

第4章
菲利普收获了一只宠物

日子过得很快，离开里斯本后，露西安和黛娜也数不清过了几天，她们甚至不知道今天是周一、周二还是哪一天。她们知道周日，因为每个人都会在周日去那个大的休息室，看船长举行简短的教堂礼拜仪式。

在那些完全看不到陆地的日子里，菲利普会因为看到一群跳出海面腾跃的飞鱼而激动不已。它们真是可爱的小生命。

"它们为什么这么做？"露西安疑惑不解。

"大概是被什么饿得不行的大鱼追赶吧。"菲利普解释道，"露西安，假设有一条大鱼在后面追你，你难道不会跃出海面，试图腾空飞一会儿吗？天知道我多么希望有条鱼能飞到甲板上来。我真想近距离看看它。"

"谢天谢地，你是不可能让它们成为你的宠物的，因为它们会在你的衣服口袋里死掉。"露西安说，"不过菲利普，你像现在这样没有任何宠物的情况还真是不常见。不过这真是再好不过了！"

露西安的结论下得太早了，因为两天后，菲利普就拥有了一只宠物！在马德拉群岛稍作停留后，他们继续前往摩洛哥，正是在那儿，菲利普获得了这只有点奇怪的小宠物。

孩子们很喜欢摩洛哥，他们尤其喜欢那儿的集市。但对曼纳林夫人来说，空气里浓郁的香味让她简直要昏过去了，当她逛集市的时候，这些味道直逼她的鼻子。孩子们很快就习惯了那儿带着香味的空气——只有琪琪是个例外，从她发出的"呸！啊，呸"的次数中就可以知道。

在向那些黑眼睛的商家买东西时，黛娜试了试她的法语，她很高兴他们听懂了她的意思。她买了一枚小胸针，露西安买了一个蓝色花瓶。

"你找到了什么你喜欢的东西吗？"露西安问菲利普，而他摇了摇头。

"我对这些东西都没什么兴趣。如果现在真有什么东西能让我激动的，比如说一把古老的短剑，或者，我猜大概是一些我一直很想拥有却还没得到的东西。"

"那是什么呢？"露西安追问道，她下定决心，如果看到的话一定要买给菲利普。

"你会笑话我的，我其实一直很想要一艘被放在瓶子里的船。"菲利普如实相告。

"我从没见过这样的东西。"露西安很吃惊，"你是说，一艘被放在瓶子里的船？好奇特的东西啊，船是怎么被放到瓶子里去的？"

"我也不知道，"菲利普说，"我一定是疯了才会想要这么一件东西吧，可能只是一些想法而已。"

"我保证不管我们去哪儿，我一定帮你留意找找看。"露西安承诺道，"哦，快瞧，琪琪，她正在从小孩子那儿要糖吃，她真是又要让自己生病了！"

曼纳林夫人坚持四个孩子必须一起行动，还要紧紧地跟着游轮上的大部队。但四个孩子很希望能够自己去探索这个地方，他们喜欢这儿的人，还有他们古怪、昏暗又狭小的店铺。

"绝对不行。"曼纳林夫人拒绝道，"你们难道没听说我们隔壁桌那位先生遇到的事情吗？他和妻子独自搭乘出租车去参观其他地方，结果那个司机把他们带去了一个废弃的山头，威胁说除非他们交出身上的全部财物，不然就不带他们回来了！"

"天哪！"露西安发出吃惊的感叹。

"就在游轮的舷梯已经快要收起来的最后时刻，那个司机才把他们带回码头。"曼纳林夫人继续说，"所以那对夫妇完全没有讨价还价的余地。现在你们明白为什么我一定要求你们紧跟我们的团队了吧。这事我做主，不允许有什么意外发生。否则你们又会消失不见，遭遇危险，让我担心得又添很多白发。"

"没有那么严重吧。"露西安说，"在我们历次冒险中仅有一次那样的情况，仅此而已！不过，艾莉阿姨，这次我一定会紧紧跟着你的，我也不希望有什么意外发生。"

第二天的游玩安排是，大家搭乘大客车去参观内陆的一处名胜：一个在沙漠边缘地带的古镇。"明早十点半，客车会到达码头。"曼纳林夫人告诉孩子们，"记得戴上你们的遮阳帽，明天会很热。"

就是在这次游玩中，菲利普收获了他的新宠物。大客车按时到达码头，所有的人都挤到车内，热得不行。出发后，车子沿着沙路全速前进，开到一个像是只有沙漠的地带。路边长着巨型的仙人掌，这些仙人掌从膨胀的身体里伸出无数带着恶意的尖刺，这让露西安觉得它们有点丑。两小时后他们到达古镇。那些古老的拱门和城堡像是从沙漠里突然长出来的。黑眼睛的小孩子们身上几乎什么也没穿，他们跑来欢迎这群客人，伸出手向他们要东西。

"便、便士，便、便士！"他们呼喊着。琪琪也学着他们说话："便、便士，便、便士！"

一车的乘客都沿着一条狭窄的小路进入古镇。导游把他们带到一座古老的建筑跟前，开始喋喋不休地介绍起它的历史。紧接着，整个参观团队一个接一个，沿着陡峭的螺旋式的阶梯往巨塔的上面攀爬。

爬到一半的时候，菲利普从一扇巨大的石头窗向外望去，土地寸草不生。建筑的墙壁很厚实，他可以坐在窗户上，甚至把脚伸出去也没关系。他就这样待在窗台上，探出身子向下张望。

他看到一群小孩子在下面吵吵闹闹。他们对着上面指指点点，叽叽喳喳说着话，有几个还在扔石头。

"这群顽皮的家伙在朝什么扔石头？"菲利普有点好奇，"假如是朝着什么小动物，那我决不轻饶他们！"

菲利普从窗台上滑下来，跑下螺旋式的阶梯。有一块石头从底下的一扇窗户里飞进来，然后他停下了脚步。

他听到一声轻微的抽泣，从一扇打开的窗户的角落里传出，然后他看到一堆棕色的毛发。他走了过去，这会是什么呢？

咔嗒！又一块石头差点打到他。这群孩子真是找打！菲利普走到窗户边，严厉地对他们说："你们快给我住手！"他大喊，"听见没有？不许扔了！"

这群小孩对突然出现在窗边的影子感到惊慌，便匆匆逃开了。于是，菲利普走向那个"棕色的包袱"。这时，"包袱"上出现了一张消瘦的小脸，一双哀伤的棕色眼睛偷看了他一眼，马上又有一双小手捂住了眼睛。

"什么？竟然是一只小猴子！是一只小猴子呀！"菲利普意识到。他知道这个小家伙现在非常害怕，他不想让这个被虐待的小生命再次受到什么惊吓。他已经在这个国家见过不少猴子了，但没有这么近距离地看过，因为猴子通常都离人们远远的。

用露西安的话说，菲利普用一种"特殊的动物口吻"对这个小家伙说话，小猴子不再用手遮着脸了。它一下子跃到菲利普的肩膀上，蜷缩起来，然后依偎在他的脖子边，瑟瑟发抖。菲利普伸出一只手，小心翼翼地抚摸着它柔软的毛发。

任何动物都没法抵挡菲利普的魔法，无论是马儿、小狗、猫咪、蛇、昆虫还是鸟儿，它们立刻就完全信任了菲利普，无一例外。菲利普的这项能力让所有的人都感到惊奇，也很羡慕。

菲利普在窗边坐下来，和这只受惊的可怜的小猴子说起话来。小猴子也嘟嘟哝哝地回应着，用一种高声的唧唧声。它用孩子般的棕色眼睛看着菲利普，棕色的手指遮住其中一只眼睛。从那时起，它就成为菲利普忠实的跟随者。

当其他几个孩子轻快地从楼梯上下来，看到这只小猴子依偎在菲利普身边的时候，他们简直惊讶极了。

"瞧瞧吧，我就知道他迟早会得到什么宠物的！"黛娜发出感叹，"真是太丑了！啊，真是又恶心又脏又臭的小猴子，它身上一定全是跳蚤吧。"

"没错，它现在有点脏，臭烘烘的，但是我敢肯定它没有跳蚤。"菲利普维护道，"而且一点也不恶心，它刚才被一群无赖小孩子用石头攻击，现在两条腿都受伤了。"

"可怜的小家伙。"露西安听得几乎要哭了。菲利普轻抚着这个小家伙的脑袋，它又朝菲利普靠近了一点。

"你不能把它带回船上。"黛娜又说，"如果你这么做，我会告诉妈妈的。我不允许我们的团队里加入一只猴子。"

"它会跟我一起回去的。"菲利普严肃地说。

黛娜快要发火了："那我就要告诉妈妈，我绝对不能容忍，我会——"

"黛娜，它那么小，还受伤了，"露西安也加入菲利普一边，用颤抖的声音说，"快别这么说，太不友善了。"

黛娜很羞愧，转头离开了。她生气极了，一想到会有一只猴子跟着他们，心里就非常慌张。但她也不想跟其他三个孩子作对。她没再说什么了，虽然这一天剩下的时间里她都不太高兴。

　　只有菲利普知道他是怎么把这只小猴子偷运到船上的，几乎没人注意到。每当觉得可能有人会看到时，杰克和露西安就勇敢地帮他掩护。虽然黛娜没有帮助他们，但她也没把这个秘密说出去。

　　回到船舱后，三个孩子注视着这个小生命。"它还是一个小孩子。"菲利普说，"那群孩子怎么可以用石头那样攻击它呢。我猜，每个国家都有一些残忍的人吧，在我们那儿不也有小孩子朝小猫扔石头吗？快看，它的腿上有淤青，还有伤痕，不过幸好腿还没有断。我可以马上替它治疗一下。但我不确定它是不是愿意让我清理伤口，那儿太脏了。"

　　事实证明，这个小家伙愿意让菲利普对它做任何事。三个孩子花了两个小时的时间，轻柔地帮小猴子洗了个澡，又烘干了皮毛。杰克拿来一把鞋刷替它刷毛，菲利普用碘酒为小猴子的伤口消毒的时候，它只是轻微呻吟了一下。

　　"好了！"男孩说，"你现在看起来好多了，你叫什么呢？"

　　小猴子咕哝着什么，孩子们仔细辨别它的意思。"它好像在说'米基、米基、米基什么的'。"露西安猜测。

　　"好吧，如果它觉得自己叫'米基'，那我们就喊它'米基'吧。"菲利普说，"我不知道琪琪会怎么对待它。"

　　"她大概不会很喜欢它。"杰克推测，"琪琪会很嫉妒它的。幸好这会儿我们把琪琪留在了女孩们的船舱里。如果她看到我们在替米基梳洗，她大概会在这里尖叫个不停吧。"

琪琪的确在当晚见到米基时惊讶得不行。就像杰克所说，她先是盯着它，然后发出快速列车突然急刹车般的刺耳尖叫。曼纳林夫人正要进来时，不得不把脑袋伸到船舱门外头躲避一阵。

她突然看到了小猴子，惊讶地上前了一步，想确认自己是不是眼花了："哦！菲利普！你不该把这个小东西带回船上来。它太小了！"

"妈妈，有一群小孩子拿石头攻击它，我不能不救它。"菲利普说。曼纳林夫人看着他，这跟菲利普爸爸生前的做法如出一辙。她又如何能去责怪这种血脉相通的行为呢？

"我不知道如果你把它养在船上会不会引起骚乱。"曼纳林夫人边说边轻抚小猴子的脑袋，"黛娜怎么说？"

"她最开始很生气，但是后来什么也没说了。"露西安回答，"她现在应该在我们那个船舱里，她会习惯米基的，而且不得不去习惯。"

"米基、琪琪、米基、琪琪、米基、琪琪……"琪琪扬扬得意地念叨着，像是突然发现了什么了不得的东西似的。她喜欢听上去差不多的词语，"米基、琪琪，米基、琪琪……"

"快闭嘴，琪琪！"菲利普呵斥道，"小猴子的名字叫米基真是太可惜了！我们从现在起都很难让琪琪不说这两个词了，但它就是米基，我们也不能给它换名字。"

小猴子米基，它在一两天内就成了所有人的好朋友。没错，甚至黛娜也是！它有一张可爱的有点滑稽的脸，当它用那双哀愁的棕色眼睛望着你的时候，你真是没法不去喜欢它。

"它还是个小孩子，但它却有一张看起来很聪慧又消瘦的脸。"露西安评价说，"我很喜欢它的小手指，跟我们的差不多！黛娜，你觉得呢？"

"好吧，它的确不像我最开始认为的那样讨人嫌。"黛娜承认，"但我还是做不到像菲利普那样，让它一整天都待在我的肩膀上。我还是确信它身上有跳蚤，但它的确没那么糟糕。"

"它身上没有跳蚤。"菲利普生气地辩解，"别再这么说了。"

米基很快恢复了精神，从一个温顺的小家伙，变得有点淘气起来，总是鲁莽地吱吱叫唤。它像松鼠一样，在船舱里轻盈地上蹿下跳，黛娜时常担心它会突然一下跳到自己的肩上来。但它没有。米基很聪明，知道什么该做，什么不该做。

琪琪看着米基的这些杂耍，感到十分警觉，当它俩同时待在一个船舱里时，琪琪总是正脸对着米基，这样一旦米基跳向她，她可以用鸟嘴攻击它。但米基不会去打扰她，甚至都不太在意她的存在，可是琪琪一点也不喜欢这样！

琪琪用菲利普的声音呼唤米基，她模仿得简直一模一样："米基！米基！"

小猴子四下张望，却找不到菲利普。"米基！"琪琪又喊了一次，小猴子再次到处跳来跳去，试图找到菲利普。

琪琪看着这情景，咯咯地笑了起来，米基厌恶地离开她，背对着琪琪坐在舷窗上，透过厚厚的玻璃看着外面的大海。

琪琪很擅长这种把戏，她很快意识到自己发出的声音可以吓到米基。她如果学犬吠，简直把这个可怜的小家伙给吓坏了。米基很困惑，紧紧地盯着琪琪，很快意识到只有琪琪待在船舱里才会有犬吠声，难道琪琪是狗一样的鸟？

琪琪又一次学起了犬吠，这次咆哮得太猛烈，米基实在受不了了。它从水池里抓起一块肥皂，朝琪琪扔去，正好打中她的鸟嘴。琪琪发出一阵抗议的叫声，差点从站立的栖木上掉下来。

扔完肥皂，米基马上又朝琪琪扔去牙刷，然后是刷牙用的杯子。它真是一个投掷高手。很快，船舱里的画面就变成琪琪需要四处躲避米基向她扔的一连串东西：毛刷、梳子、胶卷……任何它能抓到手里的东西！

菲利普进来后终止了这场战斗。"米基！把这些东西统统捡起来！"他严厉地说，"琪琪到底做了什么让你这么生气？坏米基！"

"淘气的米基，坏孩子！"琪琪立马附和，但是咯咯笑起来。米基乖乖地把每样东西捡起来，然后像往常一样待在菲利普的肩膀上。琪琪很嫉妒，她立马飞到菲利普另一侧的肩膀上。

小猴子朝琪琪发出吱吱声，琪琪也不甘示弱地模仿着米基的声音回呛它。这让米基很惊讶，它惊喜地答应着。菲利普听了，觉得很好笑。

"好了好了，我不知道你们听不听得懂对方的话。"他说，"就假装你们互相理解了吧。我可不想每次进来都看到我的船舱里到处扔满了我的东西。交个朋友吧！你们听见了吗，米基？

琪琪?"

"哼!"琪琪用友好的口气作为回应,然后轻轻咬了一下菲利普的耳朵。

"哼,你也是!"菲利普说,"行了,快别咬我的耳朵了!"

第5章
卢西恩的到来

孩子们很快就把"维京之星"号当作他们的家了——一个流动的家，包括他们需要的所有东西，开阔的旷野除外。他们对船上的每一个角落、每一处裂缝都了如指掌。他们还在首席工程师马克的眼皮底下，探索了发动机室，甚至还非常荣幸地被允许登上大副的驾驶室。

曼纳林夫人也在船上和两三个她喜欢的人交上了朋友。除了杰克他们四个，船上没多少小孩，而且其他孩子的年纪都比较小，又被宠坏了，没人想跟他们一起玩。

"我真希望再有几个跟你们差不多大的孩子。"曼纳林夫人对四个孩子说，"那对你们来说会更有意思吧。"

"哦，不用了，我们不需要，"菲利普回答，"我们几个这样就挺好的。现在有那些被宠坏的小孩子在身边已经够糟了，他们成天死缠烂打就想跟米基玩，或是想跟琪琪说话。"

"琪琪真够敏感的。"杰克说，"每次只要一看到他们出现，她就对他们说'闭嘴'。"

"这也太粗鲁了！"曼纳林夫人说，"我希望下次她再对其他小孩这么说话时，你能制止她。"

"可是我觉得我并不会这么干。"杰克反驳说，"她只是说出了我也很想说的话而已。那群被宠坏的捣蛋鬼真的太讨嫌了！我真想哪天把那个讨人嫌的黄头发小女孩推进泳池里——她总是唠唠叨叨地问我能不能抱抱琪琪。抱抱琪琪？她在想什么呢！琪琪难道是她那些吓人的玩偶中的一个吗？"

"你绝对不能把那个小女孩推进泳池里。"曼纳林夫人惊恐地说，"我同意，她的一些行为确实需要被教训，但是杰克，她只是一个小女孩而已啊。"

"她简直是人形蚊子。"杰克说，"我真想下次她过来时，用一个苍蝇拍打她。"

"下一次靠岸的时候，船上其他的孩子都会下船的。"菲利普抚摸着待在他肩上的米基。杰克和菲利普两人看起来就像一对奇怪的搭档，一个肩上有鹦鹉，另一个则有小猴子。乘客们每次看到他俩，都忍不住笑起来。

"我很高兴，这些让人不省心的小孩子马上就要离开了。"黛娜对他们真是没有一点好感，"但是我担心会有另一群跟之前差不多的令人讨嫌的孩子上船替代他们。"

她错了，因为事实证明后来只有一个男孩上了船，没有女孩。船上除了他们之外的孩子都在那不勒斯下了舷梯，直到最后都在尖叫和抱怨个不停，真是一群叫人头疼的小孩子。杰克和其他人非常开心地目送他们离开，琪琪甚至在他们身后尖叫欢呼："再见啦，解脱啦！再见啦，解脱啦！"

"杰克！她从来没说过这样的话。"曼纳林夫人责备道，"肯定是你教会她的！"

"艾莉阿姨，琪琪只是能读懂我的想法罢了。"杰克笑着说，"哦，快看哪——来了一个贝尔兔！"

当孩子们看到一个瘦瘦高高、动作笨拙的男孩走上舷梯时，他们都咯咯笑起来。男孩的嘴巴真是跟兔子一样，前门牙凸起，下巴又向后凹进去。他看上去跟杰克和菲利普差不多大。男孩戴着一副很大的圆圆的眼镜，这让他的眼睛被放大了，好像一直在瞪着眼似的。他从舷梯上走过来时，脸上挂着友善的微笑。

他看上去很兴奋，身后跟着一个看上去疲倦不已的女士，和一个矮小结实的男子，墨镜让人看不到他的眼睛。男孩时而对他们说着英语，时而又换成另一门外语。

"叔叔，阿姨，我们终于要出发了！我说，这真是一艘宏伟的游轮啊！我肯定不会在这上面晕船的。"然后他又说起外语来，语速很快，叫人听不清楚。琪琪竖起她的脑袋试图分辨这一连串的外国话，但对她而言完全没什么意义。

在男孩经过时，琪琪突然用一种聊天的口吻对他说话，吐出那一连串的外国话，又快又不清楚。男孩吃惊地看着琪琪。

"我说！一只会说话的鹦鹉！我说！"

"我说！"琪琪立马重复道，"我说，我说呀！"

"闭嘴，琪琪。别这么没礼貌。"杰克制止道。

米基这时从菲利普的肩头探出身子，激动地朝琪琪尖叫了一声。男孩子又看它看得着了迷。

"我说! 还有一只会说话的猴子! 它说了什么?"

"它说,它之前在哪儿见过你,但它想不起来是哪里了,而且它想知道鹦鹉琪琪是不是记得。"菲利普一本正经地翻译道。露西安笑出声来。男孩子大张着嘴巴哈哈大笑,露出了他的大门牙。

"你在跟我开玩笑,是不是? 不过,我说,真的太有趣了,一只会说话的鹦鹉,一只被驯服的猴子! 你们可真走运啊!"

"快点,继续走啊,卢西恩,快点。"他身后那个结实的男子催促道,推了男孩一把。卢西恩向前跑起来,但觉得自己突然抛下这四个孩子不理有些不礼貌,所以又回头跟他们抱歉地笑了笑。那位男子对和他一起的女人用很生气的口吻说着什么,但因为他们说的是外语,四个孩子一点也没听懂。不过,他们马上猜到,大概是卢西恩不太受他叔叔的喜欢吧。

"如果这个兔子男孩是这回新上船的唯一的孩子,我猜他接下去大概会成天跟我们黏在一起玩吧。"菲利普推测道,"真是跟海草似的甩不开啊!"

"我说!"琪琪又模仿了一次。杰克抱怨了一声。

"现在好了,琪琪会没日没夜地说这话了。幸好米基不知道该怎么说话,否则我们休想插嘴了。"

游轮再次起航,驶入的海域的海水颜色比之前更深。走到船头,吹着微风,真是惬意极了,琪琪和米基都很喜欢这么干。

正如杰克和菲利普所担心的,这个新来的男孩果然只要有机会就来缠着他们。但只要他一靠近，孩子们立马就会知道，因为琪琪总是给大家提示。

"我说！"琪琪一大声抱怨，其他四个孩子就无奈地叹气。卢西恩又来了！他总是友善地笑着，待在他们身旁。

卢西恩主动交代了关于自己的一切信息。他的爸爸妈妈已经去世了。他爸爸是英国人，而妈妈是希腊人，所以他在希腊那边有不少亲戚。他在英国上学，但假期通常会和希腊的亲友们度过。他现在十四岁，马上十五岁。他不喜欢游戏，但喜欢历史，而且他希望自己的名字不是卢西恩。

"为什么？"黛娜问道。

"因为我们学校的男生总是把我的名字改成露西安。"卢西恩解释道，"我说，想象一下有一个听上去这么女孩子气的名字，你们什么感受？"

"这正是我的名字啊，"露西安说，"我很喜欢我的名字。"

"这名字对你而言当然很不错，"卢西恩赶忙圆场，"但对我来说有点糟糕，那些男孩甚至会叫我'露西'。"

"多汁露西！"琪琪马上高兴地呼应道，"多汁露西！我说！"

每个人都扯着嗓子吼了一声，包括卢西恩。琪琪咯咯大笑。

"多汁露西呀，愚蠢的露西呀，我说！"琪琪欢快地唱起来。

"我说，说真的，你们的鸟一直都这么好笑吗？"卢西恩崇拜地夸赞道，"天哪，我好希望我能把她借去学校，我说，你以前把她带去过学校吗？"

"我做过这样的事，"杰克后悔地坦白，"但她不停地命令我们的年级主任把脚擦干净，然后把门关上。她还大声地对我们校长喊'不许打喷嚏，用你的手帕'，大概就是这些了。"

"你还记得有一次你为了在教室里把她藏起来，把她关在橱柜里，然后她突然像烟火似的飞出来，还发出哗哗嘭嘭的爆炸声吗？"菲利普笑着补充道，"就在盖伊福克斯日过后，琪琪对节日里烟火的声响记得可清楚呢。"

卢西恩满怀敬佩地听完，他的嘴巴张大到让人觉得好像嘴巴比耳朵听得更清楚。

"我说！然后呢？"

"我们当然也在教室里闹翻天啦！"菲利普说，"不过不包括校长。自那以后，我们不得不让琪琪和村庄里的其他人生活在一起。我们通常每天都会去看她，假期的一半时光和周末能和她待在一起。"

"但她每场学校的比赛都会去，为任何人或事情喝彩——杰克，没错吧？"露西安补充道。

"琪琪可真神奇，"卢西恩赞叹道，"我可以摸摸她吗？"

"小心，她不让陌生人碰的。"杰克正要警告，但卢西恩已经试图去抓这只神奇的鹦鹉了。他很快放开了她，但琪琪已经狠狠地用自己弯弯的喙啄了他，卢西恩疼得大叫一声。露西安吃惊地发现卢西恩的眼里有泪花。

卢西恩什么也没说就离开了。他吮吸着流血的拇指，剩下四个孩子面面相觑。

"他在哭。"露西安用一种非常惊讶的语气说，她不敢相信一个十四岁的男孩子会做这样的事情。

"他是个傻小子。"杰克试图安抚琪琪，这会儿她正挺起胸脯，生气地直跳脚。

"傻子、笨蛋，"琪琪连声骂起来，"傻子、笨蛋，笨蛋、傻子，少见啊少见，我说!"

"你可真是只坏鸟，怎么可以这样啄别人呢。"杰克责备道，"真是很糟糕啊。"

"是傻子，是笨蛋!"琪琪宣称。

"没错，就是你啊——一个小傻子!"杰克笑着说，"米基你可别学她胡闹啊，琪琪这样已经让我们很头疼了。"

米基激动地发出了一长串模糊不清的声音。琪琪侧着脑袋，认真严肃地聆听的样子真是好笑。

在米基发表完这一长串激动的话语后，琪琪也严肃地回答它，不管它说了些什么。

"瑞奇、莉奇、艾奇，讨厌，嘭嘭嘭!"她说。孩子们听完大笑。"琪琪以为自己在说米基的话吗? 我们这只好玩的老鸟! 你真是永远猜不透她。"菲利普说，"但我很高兴她现在对米基友好多了。米基真是个可爱的小家伙。"

"虽然它很淘气。"黛娜现在觉得这只小猴子比之前想的友善多了，"它昨天跑进很多个船舱里，从水池里收集了一堆肥皂，然后把它们全放在休息室的扶手椅上。"

"我的天哪!"杰克惊呼，"它很快就会惹麻烦的。"

"你大概是说我们所有人吧。"菲利普更正道，"我真希望我们能叫琪琪替我们看着米基，但是她却通常是怂恿它做坏事的那个。我确信一定是琪琪唆使米基爬上桅杆，把桅杆上瞭望台里的男人吓得差点晕过去的。"

"米基真是个小可爱。"露西安给它毛茸茸的下巴挠痒痒。米基用聪明又带有哀伤的眼神看着她。露西安知道它现在很高兴，但她始终很担心它这副有点悲伤的样子。菲利普说猴子们都是像这样苦兮兮的，但这话露西安只相信一半。

"午饭时间到啦！"黛娜激动地说，"我觉得今天好像比往常晚了整整一个小时啊，我饿极了，咱们走吧！"

第6章
安德拉宝藏的传说

这些日子，"维京之星"号都在爱琴海的各个小岛间巡游。海水是美丽的深蓝色，蓝紫色的海面上隐约倒映出一个个小岛，孩子们一致认为这片海域是这趟旅程中最美的了。

此时，卢西恩证明了自己还是有可取之处的，因为他对这片海域非常了解。他能够向其他四个孩子指出这些岛屿的不同，还有一肚子关于海盗们如何掠夺宝藏的激动人心的故事。

"看到那个我们正在靠近的岛屿了吗？"他说，"它叫欧普斯。面积不大，但上面有一座非常古老的城堡，拥有世界上最大的地牢。过去的那些老水手常常把罪犯带到欧普斯，然后关在地牢里。有时候这些罪犯被扔在那里很多年，最后都变成了老家伙。"

"这也太可怕了！"露西安感叹道，"你去过欧普斯吗？"

"我去过一次，"卢西恩说，"我还看到了那些通往地牢的洞，甚至差点掉下去。"

"地牢的洞？这是什么意思？"菲利普不解地问。

"就是城堡的院子里打了很多洞——那种很深很深的洞，"

卢西恩解释说，"当一个罪犯被带到岛上后，他会被拖到这个院子，然后扔进离得最近的洞。他一直往下掉，最终就和地牢里的其他罪犯关在一起了。"

"太可怕了！那他还能出来吗？"杰克惊恐地问。

"不能。这死牢唯一的出口就是这些又深又陡的洞啊。"卢西恩回答说，"没人能从底下爬上来的。"

"那些犯人怎么吃饭呢？"菲利普接着问。

"很简单，"卢西恩说，"守卫每天走到洞口，把食物丢下去就行了。"

"我真不知道该不该相信你说的话。"杰克有点怀疑。

"我不是都跟你说了，我去过那个岛屿，而且见过那些洞。"卢西恩态度坚决，"当然，这些地牢早就废弃了，那个院子也是杂草丛生，所以你几乎看不到那些洞。这也是我差点失足掉下去的原因。"

"如果你掉下去了，你是不是得在那里一直待到老死？"露西安问道。

"当然不会。我叔叔会找根绳子，把我拉上来的。"卢西恩说，"但那样的话，我可能会把腿摔断。"

"再跟我们说些关于岛屿的传说吧。"杰克说，"我希望以后能去参观其中的一两个！"

"我敢说，我们这趟旅行就可以去，如果我问问我叔叔。"卢西恩兴奋地告诉其他孩子。

"什么意思？你叔叔跟这有什么关系？"菲利普求他说清楚，

"你说得好像他拥有这些岛屿似的。"

"他确实拥有一些岛屿啊。"卢西恩说，"我没告诉过你们吗？我想他对这个真的很疯狂。他一会儿买这个岛屿一会儿又买那个，再彻底探查一遍。如果他厌倦了这个岛屿就转手卖了。"

四个孩子不可置信地看着卢西恩。这对他们而言太难理解了，有人竟然会像买蛋糕或是别的什么小东西似的买卖岛屿。

"但他买下这些岛屿要做什么呢？"杰克问道，"他是对一些古旧的东西，比如古董什么的感兴趣？"

"他对历史很痴迷，"卢西恩说，"也就是对一般古旧的东西很有兴趣。你们真该去参观他在雅典的房子，他从这些岛屿上收集来一大堆神奇的物品。他简直为它们而痴狂。"

孩子们心里想着卢西恩的叔叔，不敢确定他是不是真的疯了。他看上去是个挺普通的、容易发脾气的大人，其他很难推断，因为他总是戴着一副墨镜，他们看不到他的眼睛。

"如果你看不到一个人的眼睛，你就很难知道这是个什么样的人。"露西安说。这话说得没错。

"我猜我大概是受到叔叔的影响，培养起对历史的兴趣。"卢西恩说，"我在这门科目总是表现很突出。当然，其他科目就几乎垫底了。我也很讨厌游戏。"

"明白，你跟我们提过。"杰克说。

"而且也就提了不下十次吧。"黛娜补充道。

"我说！"卢西恩说，"抱歉啦，我就是真的太厌烦这件事了。"

"第十一次。"露西安说。

"愚蠢的露西。"琪琪评价说。孩子们觉得真是恰当极了。他们互相调侃，卢西恩是一只蠢鹅：傻傻的、容易上当受骗又时而惹人恼怒、叫人厌倦的那种；也是糊涂虫和兔子。但是他完全没有恶意，经常把大家逗得很开心。

"说说你叔叔吧，"杰克说，"他真的在这里拥有几个令人兴奋的岛屿吗？"

"没错啊。他现在不是欧普斯岛屿的主人，但他拥有的那座岛屿我们很快会经过。它叫赫利俄斯。不过他快要卖掉那个岛了，他已经派人去开掘和探索过了，但没发现多少东西。"

"他们发现了什么？"露西安满是兴趣地问道。

"让我想想，他们一共就发现了三个巨大的花瓶，"卢西恩说，"不过三个花瓶都碎了，这是常有的事儿。哦，他还发现了一对匕首，我猜是相当古老的那种，还有一些陶器碎片和一些看起来不太值钱的珠宝。哦，对了，他还找到一个鹅的雕塑品，然后送给了我。"

"蠢鹅样的露西。"琪琪又插话了，她好像一直在认真听卢西恩这番冗长的废话。

"闭嘴，琪琪，别打岔。"杰克说，"继续说，露西，哦，我是说卢西恩。"

"我说！杰克，别这么喊我！"卢西恩看起来一副很受伤的样子。

"别犯傻了，继续说你的故事。"杰克说。每次卢西恩伤心的样子，总是让杰克失去耐心，因为这事儿发生的次数太多了。

"你知道其他什么关于这些岛屿的故事吗？"看到卢西恩沮丧的样子，露西安试图转移他的注意力。

"当然啦，我还知道一个关于安德拉宝藏船的故事。"卢西恩接着说，"这事千真万确，我听我叔叔说过不止一次。"

"快告诉我们。"菲利普挠着米基的后背问道，小猴子很快在他的臂弯里睡着了。

"这是几百年前的事情了，"卢西恩开始说，"我记不清确切的时间。那时候有个叫潘罗斯特的国王，他在其中一个很大的岛屿上建立起自己的王国。你们也清楚，这些王国通常都有自己的统治者。潘罗斯特有一个儿子。"

"他叫什么呢？"露西安问。

"我也不清楚，"卢西恩说，"但他儿子小时候在一场意外中失去了一只眼睛，还伤了一条腿，变成了瘸子。他很想娶希腊本土的一位国王的女儿为妻，这个女孩叫作安德拉。"

"我猜安德拉肯定不愿意吧，因为这个王子又瞎又瘸，"杰克说，"而且她一定有其他的心上人想要嫁。"

"既然你这么清楚，要不你来说吧。"卢西恩有点不高兴。

"我可不知道这个故事，但我知道不少类似的！"杰克说，"请继续吧。"

"但安德拉的父王希望她和这个独眼王子结婚，因为潘罗斯特国王会给他们超过自己国家一半的财富，"卢西恩继续说，

"潘罗斯特国王准备好船只，装满了财宝，准备第二天起程去希腊。"

露西安望着外面深蓝色的海水，想象着那些飞速行驶的小船，鼓着船帆，船里装满了财宝。她仿佛听到了清晰的号令，船帆发出的鼓风声。卢西恩深吸一口气，继续说：

"安德拉托人给她的心上人带话，将这些船只的消息告诉了他。于是，她的心上人也准备了一些船，打算去拦截装满财宝的船队。"

"他找到了这支船队了吗？"露西安迫切地问道。

"是的，他找到了。但当他和这支船队开战，最终获得胜利后，却发现什么财宝也没有。"

"天啊！那这些财宝去哪儿了？"黛娜问道，"难道被丢进海里了，还是别的什么地方？"

"不，其实这支船队的船长早就决定不把这些金银财宝安全运往目的地，而是计划把它们带去一个只有他知道的岛屿偷偷藏起来，之后再回去拿。他计划告诉两位国王，船队在去往希腊本土的途中遭到攻击和劫掠。"

"他确实被攻击了，但是他自己把财宝都藏了起来！"杰克激动地说，"然后呢？"

"这个船长和一半的船员都被杀了。剩下的人乘船四散逃掉了。后来他们组织过一次搜寻，但始终没能找到被藏起来的财宝。"

"我的天！没人听说过这个藏匿宝藏的岛屿吗？"菲利普

问道。

"有些船员说自己记得那个岛屿在哪儿，因为那晚他们登上了岛屿。他们还偷偷一起去搜寻过，但途中爆发了争斗，最后只剩下了两三个幸存者。其中一人制作了一幅简略的地图。"

"岛屿的地图吗？有被人找到吗？"黛娜激动地问。

"有的，很多年以后被找到了。一个希腊的商人拥有了它，然后仔仔细细研究了一番。在他看来，这座岛屿应该就在爱琴海诸多岛屿之中，你也知道，这一带真是有数不清的小岛屿。所以他开始挨个儿搜寻。"

"他找到那个正确的岛屿了吗？"露西安的眼睛激动得发光，"这真是一个有趣的故事。"

"没错，根据传说，他找到了那个岛屿，还有那些财宝，但没等他做些什么，他就去世了。"

大家突然失望地安静了下来。"后来又是谁得到了宝藏呢？"杰克问道。

"没有人。"卢西恩说，"这个老商人从没跟任何人提过是哪个岛屿。据说那张地图的复印件和他制订的计划好像散落在什么地方。天知道在哪里！人们都说，他临死前把这两样东西藏了起来，而这已经过去差不多一百年了。"

"真是个令人兴奋的故事！"黛娜说，"我挺希望咱们几个能找到那张地图。那个老商人住在哪里？那张地图很可能被藏在他家里吧？"

"我猜他家早就被翻了个底朝天了吧。"卢西恩说，"我知道他住在哪个岛上。我们再用一天的时间就到了，就是一个叫作阿姆利斯的岛屿。"

"我们会在那里靠岸吗？"露西安激动地大喊，"我想去！"

"没错，我们肯定会在那里停留的，"卢西恩说，"那是个挺大的岛屿，上面布满了村落和小镇，还有很多兜售古董的店铺。游轮的游客通常会成群结队地过去买东西。"

"我们也一起去吧！"黛娜提议说，"我有不少想买的东西，现在还远远不够呢。卢西恩，你跟我们一起吧，你一定能帮上大忙的！"

第7章
卢西恩真是帮了大忙

听说游轮马上要在阿姆利斯这个浪漫的岛屿靠岸，曼纳林夫人显得很高兴。就像那几个孩子一样，她也已经着迷于这些如烟雾般在深蓝色海水里若隐若现的岛屿了。曼纳林夫人稍微研究了一下希腊历史，不知怎么的，她觉得爱琴海看上去更像是属于过去而不是现在。

孩子们也跟她借了一些书来看。这些岛屿真是太古老了，而且充满了各种传说！露西安完全被迷住了。她挨着扶手站在甲板上看着眼前的景色，能看整整一天呢。

"为什么会有这么多大大小小的岛屿？"她问道，"你把像这样一连串的岛屿称作什么来着？我记得是个很长的名字。"

"群岛。"曼纳林夫人告诉她，"露西安，你知道吗，所有的岛屿都曾经连在一起，组成了一片广阔的大陆。后来，海水涌入了现在是地中海的低洼区域，把它填满，又淹没了很多陆地。只有那些最高的部分，比如山丘和高山能够保留下来，而它们就像岛屿一样出现在海平面上方，这就是我们乘船经过的爱琴群岛！"

"我的天哪!"露西安感叹道,她的脑海里立马浮现出画面来,大量的海水永不止息地冲刷着大陆,把小镇和村落全部吞噬淹没,最后只剩下陆地的最高部分露出海平面,"艾莉阿姨,所以在我们下面,在海床上,都是被毁坏的城市和村落吗?这是很久以前发生的事情了吧?"

"成千上万年前啦。"曼纳林夫人说,"现在甚至都找不到一丝痕迹。但这一说法也很好地解释了为什么这一片海域有数不清的岛屿。我很期待我们即将要去参观的一个。"

"你现在不担心我们落入什么激动人心的冒险里吗?"露西安机灵地问道,"你觉得参观这样一个浪漫无比的岛屿是不是再安全不过了?"

"确实很安全,"曼纳林夫人笑着说,"但你们还是得跟我一起行动。"

"我们邀请了卢西恩跟我们一起。"黛娜提醒她,"我知道他看起来傻里傻气的,但是妈妈,他真的知道好多关于这些岛屿的故事。他已经跟我们讲了很多,而且他叔叔还拥有其中的几座呢。"

"我听说了。"曼纳林夫人说,"我跟他的妻子聊过天,她是个很不错的女人。我不敢说我会想要这样一名丈夫,成天什么也不做,只是购买岛屿,然后花上数个月发疯似的挖掘东西,再把岛屿卖了,去购买其他的岛。他这样的念头大概像帽子里进了蜜蜂一样挥之不去吧。但他的确找到了不少有趣的物品,而且让他成了一个有钱人。"

第二天，"维京之星"号到达了一个很小的港口。四个孩子在甲板上闲逛。他们对游轮这次抛锚停泊后，没有像之前停靠码头时对发出汽笛声感到惊讶。

"我们没法靠得更近了，这处码头可装不下我们，我们的船太大了。"其中一个船员向孩子们解释道，"你们会乘坐汽艇上岸的。"

没多久，一艘汽艇驶到了游轮边上，大约二十个乘客顺着梯子下到了汽艇的甲板上。四个孩子也在其中，还有卢西恩、曼纳林夫人和其他几个有兴趣去岛上转转的乘客。卢西恩的叔叔阿姨没有一起，他们太了解阿姆利斯这个岛了，以至于失去了参观的兴趣。

但对几个孩子来说，却是非常激动人心。在他们都坐稳后，汽艇快速驶向了码头。对卢西恩而言，他就像是回家了一般，因为他之前跟着叔叔来过很多次。

"你们都跟着我。我可以跟你们介绍一些有意思的东西，"卢西恩说，"而且我会说这里的话，如果你们有什么想买的，我可以帮你们讲价。"

卢西恩真是太有用了。他推开了一群朝他们要钱的小孩子，还说了一连串听上去有点奇怪的话，连琪琪都佩服不已。卢西恩很清楚自己要做什么，也很擅长解释给其他人听。

"这里是集市。瞧那些摆摊的人，他们从山上带着货物到这儿来，卖完后，再用挣来的钱去镇上的店铺里买需要的东西，或者去电影院看电影。"

这些人的样子很特别，就像画里走出来似的。为了遮阳，他们戴着白色的大帽子，穿着一套看上去没什么差别的白色的衣服。不过，每个人的穿着都很合身。露西安觉得，这儿的孩子也都很漂亮，他们有着黑色眼睛，漂亮的脸形，还有卷曲的头发。

卢西恩带领他们来到一座已经被毁坏的旧城堡，男孩们对此有点失望，因为没能看到那些地牢。但女孩们却很惊奇，因为这儿的人与他们的山羊和母鸡共同居住在这个城堡里。

"他们都是穷苦的内陆人，无家可归。"卢西恩解释说，"再往里走，如果我有时间带你们去的话，你们会看到一些住在山坡的洞穴里的人，就像几千年前的人那样。想想真是神奇，这些洞穴如何在一个世纪又一个世纪里成为人们的居身之所呢？"

"这些住在洞穴里的人也会去镇上的电影院吗？"黛娜问。

"会啊，他们很喜欢呢，虽然他们看不懂屏幕上的英文，但台词都被翻译了。"卢西恩回答道，"他们像是同时住在两个不同的世界里，一个很久远的世界——住在洞穴里，靠着饲养的山羊、母鸡和鹅勉强维持生活；一个当下的世界——有摩托车、电影院等等。"

"真是一个奇特的混合。"杰克说，"如果是我，我大概分不清自己身处哪个世界吧。"

"他们能分清。"卢西恩说着停下来，冲着一个试图拉扯露西安裙子上丝带的孩子生气地大喊。琪琪也跟着激动地大喊，米基则在菲利普肩头上蹿下跳，吱吱地叫个不停。那个捣蛋的孩子吓得立马跑开了。露西安对此感到很抱歉。

卢西恩现在带着他们去逛商店。有些是很小、藏得很隐蔽的店铺，里面全是些奇奇怪怪的商品。其中一家挺大，里面摆满了吸引游客驻足的各色古董。

"你们想买什么东西的话，可以去这家店看看。"卢西恩提议，"我说，米基怎么不见了？"

"它就是去棚顶上活动一下腿脚。"菲利普回答。米基真是好笑，它从菲利普肩上下来，在附近的各种东西上荡来荡去，到处蹦蹦跳跳，把自己抛向空中，又稳稳地落下。它这会儿正在遮阳棚上从一边跑到另一边，不时跃到头顶的窗台上再跳下来。当它看到菲利普正要进入的店铺在自己下面的时候，它立马把自己从遮阳棚上扔下来，轻轻一跃，恰好落在男孩的肩头。

"我真是没法摆脱你呀，是不是？"菲利普嗔怪地对米基说，"你真是个小坏蛋，你现在弄得我的脖子很热。"

这家店铺简直让四个孩子着了迷。他们不知道该如何判断哪些东西是真的，哪些不是。卢西恩从他叔叔那儿学来了这方面的知识，他能正确地挑出真正的古董，但它们都太贵了。露西安看了看自己手上的钱，问卢西恩这些钱能买什么东西。

卢西恩数了数，因为是希腊货币，露西安没法确定这些钱的价值。

"明白了，你大概可以买一到两样商品。"他说，"比如，这一块被雕刻过的蓝色石头。"

"但我不想要这个。"露西安说，"我真的很想给菲利普买一样东西，他生日就快到了。有什么他喜欢的东西吗？别让他瞧见，我想把这个惊喜一直留到他生日那天。"

"那么，这艘小小的雕塑船怎么样？"卢西恩一边问，一边举起一艘很小的船，看上去和港口停泊的船只没什么两样。"当然，它没那么古老。"

看着这艘小船，露西安突然记起来了什么："啊，我知道该给菲利普买什么了！我突然想到了，卢西恩。他的确有一件非常想要的东西。"

"什么东西？"卢西恩问。

"他想要一艘在玻璃瓶里的小船。"露西安回答道，"我知道这听上去有点傻，但菲利普的确是这么说的。"

"但我印象中从没有在这儿见过这样的物品，"卢西恩说，"好像不是他们这儿通常卖的东西。稍等，我去问问店铺后头的那个家伙，他兴许知道。"

卢西恩穿过一堆堆形态各异的商品，然后消失在一个屏障后面，他在那里和谁说着话。一分钟后，他又出现了。

"没有，他们这儿不卖这种东西。"他告诉露西安，"但那个家伙说，他知道我们可以去哪儿找到它，不过可能很脏很旧，甚至可能成碎片了也说不定。"

"在哪儿呢？"露西安问道，"我可以把它清理干净，只要不是损毁得太严重。"

"他说他在一个老渔夫家的屋顶上看到过，离这儿不是很远。"卢西恩回答，"如果你想买，我可以带你过去。但曼纳林夫人会同意吗?"

曼纳林夫人正和游轮的团队在一起,但她也始终留意着卢西恩和露西安。露西安知道她最好去问问曼纳林夫人的意见。于是他俩走出店铺,在一个大树遮阴的庭院里,找到了和团队其他人一起正在享用水果冷饮的曼纳林夫人。

"艾莉阿姨,我很想给菲利普买一艘装在玻璃瓶里的小船当生日礼物。我已经知道可以在哪儿买到这件物品。卢西恩说他能带我去,我可以去吗?"小女孩哀求道。

"好吧,卢西恩,但别逗留太久。"曼纳林夫人说道,"那地方不是太远,对吧?"

"不远不远,就在集市的后面,"卢西恩连忙说。他和露西安一起出发了。他们一路穿过吵闹的集市,被迷路的母鸡们绊倒,又经过一群挡道的山羊,最终来到一面很高的白墙前。两人绕到它后面,在墙的另一侧有一个倾斜的院子,四周是几座样子有点奇怪的石屋。

卢西恩走向其中一间小屋,对着敞开的门朝里面大喊。一个嘶哑的声音应答了一声。"要一起进去吗?"卢西恩问露西安,"里面会有点昏暗哦。"

露西安内心是不情愿的,但她又觉得自己拒绝的话有点不太礼貌,所以她跨过蹲坐在台阶上的母鸡,跟着卢西恩进了这间小小的黑屋子,这地方好像到处堆满了要洗的衣物,弥漫着烟味和饭菜香。

"瞧,就是那艘装在玻璃瓶里的小船。"卢西恩指着屋子尽

他用自己的手帕擦拭了一下，然后把玻璃瓶拿
给露西安看。

头的石头架子。架子上有一个破裂的罐子，一块古老的骨头，还有——一个玻璃瓶！露西安努力地打量着那个玻璃瓶，想知道里面到底有没有放着一艘小船，但这个瓶子实在太黑太脏了，她没法透过玻璃看到里面的东西。

卢西恩对一个坐在凳子上的老妇人说了些什么，便拿起玻璃瓶，走到门边。他用自己的手帕擦拭了一下，然后把玻璃瓶拿给露西安看。

"现在怎么样？你能瞧见那艘船了吧。我们需要拿肥皂水好好清洗一下，才能完全把外面的污垢去掉。但里面的小船还是很不错的——雕刻得很精致。我敢打包票，如果菲利普真想要这么一件东西的话，他会喜欢的。虽然我还是没法想象有人会这么渴望得到一艘被放在玻璃瓶里的小船。"

"我可以来清洗！"露西安透过玻璃窥探着小船，"我也曾经一直渴望类似的东西——就是那种没什么实际用处，很漂亮很特别的东西。我的一个朋友有一个玻璃球，里面有一个小雪人。你每次摇晃整个玻璃球时，里面的雪花就会飞起来，洒落在雪人身上。我非常喜欢。所以我敢肯定菲利普也会想要这件东西的。"

"那让我来问问那个老妇人怎么卖吧？"卢西恩询问露西安，"玻璃瓶很脏，而且有点破了，应该值不了太多钱。"

"好的，问问她。你知道我一共有多少钱的。我愿意花全部的钱去买这个东西。"露西安表示。卢西恩拿着玻璃瓶又返回屋内，差点被路中间两只咯咯叫的母鸡绊倒。露西安能听到从里面传来很大的争吵声。她站在门外仔细聆听，虽然完全听不懂。她觉得自己没勇气再进去这个黑漆漆的屋里。

卢西恩拿着玻璃瓶"胜利归来"。"给，拿着吧，我只花了你一半的钱就买下了。那个老妇人太需要钱了，虽然她不知道对于她卖掉了在家里放了这么多年的一艘装在玻璃瓶里的小船，她的祖父会怎么想。不过，她祖父都去世那么多年了，我才不在乎他会怎么想呢。快拿去吧！"

"卢西恩，真的太感谢你了！"露西安非常感激地说，"我会再去找些纸，把它包起来。我真心希望菲利普会喜欢这个礼物，这会是一件激动人心的礼物吧？"

但这件事远远比露西安期待的还要激动人心一百倍！

第8章
玻璃瓶里的小船

　　露西安找到一些纸，在菲利普注意到之前，把这艘装在玻璃瓶里的小船包了起来。其他几个人很好奇她到底买到了什么东西，但她不肯多说一个字。

　　"一定是什么易碎品，因为你那么小心翼翼地拿着。"杰克推测。他们回到船上，黛娜和露西安一起回到她们的船舱，露西安打开外面的纸，向黛娜展示里面的东西。

　　"这个东西真是又旧又脏啊！"黛娜惊呼，"这到底是什么？你不会花了全部的钱，就买了这么个东西吧？"

　　"只用了一半的钱。"露西安说，"这是给菲利普的生日礼物。他之前说他想要这样一件东西：一艘装在玻璃瓶里的小船。"

　　"天哪，是吗？那这正合适呀！"黛娜饶有兴趣地打量着它，"让我们把它清洗干净吧，那样能看得更清楚点，这艘船是不是还挺大的？"

　　她们拿法兰绒布在肥皂上搓了搓，然后用它清洗瓶身。在玻璃瓶被擦干净后，里面的小船完全显露出来了。真是一艘雕

安德拉的宝藏

工精细的漂亮的小船，还有一根根精致的栏杆呢。虽然玻璃瓶现在已经被清洗得很干净，没了灰尘，但和它比起来，小船的颜色还更为明亮。

"瞧瞧它！"露西安高兴地说，"一定是一艘古希腊船只的模型。黛娜，它是怎么被放到玻璃瓶里去的呢？瞧，瓶颈那么狭窄，没人能做到把这么一艘漂亮的小船塞进去吧。这简直不可能啊。"

"我也没法想象小船是怎么装到瓶子里去的，"黛娜也很困惑，"但它的确就在里面。菲利普会喜欢的吧？我都很喜欢呢。"

"我也是，但这个东西可真奇怪。"露西安说。她把它放到架子上。瓶身的一面是平的，可以立在这一侧摆放。可爱的小船看上去恰好就在瓶子中间航行，稳稳当当。

"这艘小船叫什么？"黛娜一边打量一边问道，"我不认识那些字，你呢？这些文字不像是我们的语言，它们一定是希腊文吧。"

两天后，菲利普在生日当天收到了这艘小船。他简直激动坏了。看到菲利普这么满意，露西安也非常高兴。

"你是从哪儿得到它的？这真是我见过的最棒的东西了！"菲利普止不住地赞美道，"好漂亮，做工也好精致。我很好奇它有多古老。我很满意，这是一艘挺大的船。我之前见过的被装在玻璃瓶里的小船，都比它小得多了。"

米基和琪琪也凑过来看瓶子里的小船。米基透过玻璃看到了里面的小船，试图去拿它。因为有玻璃在，它无法拿到，这让米基困惑不已。

"圣诞快乐。"琪琪不时地向菲利普表达着祝贺。她被教过如何说"祝您长命百岁"，但她总是把它和"圣诞快乐"弄混，这事儿常常发生。

"谢谢，我的老伙计，"菲利普说，"也祝你新年快乐！"

"行啦，别把她弄糊涂啦。"黛娜说，"我们一起去找妈妈，给她看看这件礼物吧。"

孩子们来到甲板上，找到曼纳林夫人。她的帆布躺椅紧挨着卢西恩的阿姨的躺椅，这让她总觉得有点儿烦心，因为她不喜欢卢西恩的叔叔。

"妈妈，快看——露西安给我买的生日礼物——这是我一直想要的东西。"菲利普说道。

曼纳林夫人对这件礼物赞叹不已，然后传给卢西恩的阿姨和叔叔也瞧瞧。艾普先生一再地端详着它，他看上去有点困惑。

"这艘船挺古老的，非常古老，"他说，"但这个玻璃瓶是现代的东西。而且把船放在瓶子里也是现在才有的想法。但瓶子里的这艘船的年代非常久远，简直可以说是古董了！真有趣。"

"它的名字被刻在船身上，很小，"露西安指出，"但我不认识这些字。艾普先生，您认识吗？"

艾普先生凑近了，往玻璃瓶里瞅着，然后拼读出来："认识啊，安—德—拉，这船的名字还真奇怪！从没听说哪个希腊人用这个名字的。"

"我听过这个名字。"露西安试图回忆，"啊！对了，这不就是卢西恩给我们讲的那个宝藏传说里的女孩吗？那个不肯嫁给独眼王子的女孩。我们现在不也经常用女孩或者女人的名字来给我们的船命名嘛。想想那些大游轮：玛丽女王、伊丽莎白女王。所以一艘希腊的船当然可以用公主的名字来命名啊。”

艾普先生并没在听。他对这几个孩子根本没什么兴趣，甚至包括他自己的侄子卢西恩。他打了个哈欠，睡了过去。曼纳林夫人跟孩子们点头示意，让他们回去。米基和琪琪精神得很，但琪琪的抱怨声、米基的唠叨和把戏，不会像吸引孩子们那样对大人有用。

孩子们拿着这艘装在瓶子里的船回到了船舱里，这次是在男孩们的船舱。菲利普决定把它放在床对面的架子上，这样他就能看到它了。他真是心满意足。小船的做工多么精巧，多么漂亮，这正是他一直梦寐以求的东西，而现在他得到了。

“你可要当心你的小猴子胡乱摆弄它。”杰克提醒菲利普，“米基可是对里面的小船充满了好奇，总是试图透过玻璃去拿，还因为没成功而感到生气。”

“维京之星”号在岛屿之间巡航。时间像是不存在了似的，每个孩子都不知道确切的日子。这儿简直像是一个让人心情愉悦的梦境，幸运的是，美味的食物总能把他们拉回现实。事实上，正如杰克所说，如果不是食物那么真实，他可能真的会觉得自己在做梦。

不久后，琪琪和米基间爆发的一次争吵用一种奇怪的方式打破了他们的这个梦，让一切事物和之后的时间都变得非常真实。

那次争吵发生在一天晚上。男孩们到甲板上和女孩们打网球，这是唯一一次米基和琪琪同时被留在了船舱里。在他们打网球的时候，米基变成了个麻烦精，它总是去抓离得最近的杆子顶部的橡皮圈，抓到后就把橡皮圈撕碎，坐在上面开心地大笑，随后又荡走了。

因为这样，它被"遣送"回了船舱，在这样一个晴朗的晚上跟琪琪做伴。琪琪很生气，她不喜欢被扔下。她静静地坐在舷窗边生闷气，发出一阵阵可怕的呻吟声，这让米基很紧张。

米基走过去坐到琪琪身旁，诧异地看着她，它同情地伸出自己的爪子，轻抚琪琪的羽毛。琪琪像一条狗似的咆哮起来，吓得米基又退回到架子那儿，它困惑又悲伤地望着琪琪。

它再次试图安慰琪琪，拿着杰克的牙刷去刷她的羽毛，想要逗她开心。琪琪背对着它，最后把脑袋埋进了羽毛里，这一行为总是让米基又害怕又困惑。它不喜欢琪琪没有脑袋，它开始小心地寻找，轻柔地分开她的羽毛，想知道她的脑袋到底上哪儿去了。

琪琪从羽毛深处说话："傻子、笨蛋，笨蛋、傻子，笨蛋、傻子，我说！啊啊啊啊！把门擦干净，关上你的脚！天佑吾王。"

米基失望地从琪琪身边走开。它等待她的脑袋再次出现，然后恢复成那只自己认识的快乐的鹦鹉。米基把牙刷放回杯子里，又打起了旁边的海绵的主意。它拿了起来，挤出里面的水

安德拉的宝藏

分，学着菲利普的样子，擦了擦自己的小脸。但它很快厌倦了，把海绵扔回了架子。

它要做什么？米基低头向架子看去，上面放着那艘装在玻璃瓶里的小船。它小心地把手放到瓶子上，疑惑着自己为什么就是拿不到里面的小玩意呢？为什么不能把它拿出来玩一会儿呢？米基把脑袋放在玻璃瓶的一侧，思考着该怎么把里面的小船拿出来。

它拿起玻璃瓶，像照顾小娃娃似的，用它的语言低声地唱起歌。琪琪把脑袋从羽毛里探出来，四处寻找着米基。当看到米基正在把那只瓶子搂在怀里时，她变得又嫉妒又生气。

"关上门，关上门，淘气的男孩。"她责备道，"你的手帕呢？砰，去追黄鼠狼！"米基一句也没听懂，所以并没有受到影响。它用力摇了摇瓶子，琪琪挺起胸脯，再次责备起来。

"淘气，真是淘气！你这个坏男孩！砰砰砰！"

米基吱吱地对她叫着，但还是没把瓶子放下。琪琪飞到架子那端，突然狠狠地啄了小猴子一口。米基生气地吼了一声，然后扔掉瓶子去查看自己流血的手臂。

瓶子掉到地上打碎了，摔成了两半。小船脱离了瓶子的底座，从里面掉了出来。米基看到后，跳到了地上。终于拿到了瓶子里的东西！它捡了起来，然后安静地退到床底下。

琪琪被刚才瓶子坠落和打碎的声响吓到了。她知道坏事发生了，便发出了像电动割草机一样的声音，然后再次陷入了沉默。菲利普会怎么说呢？

五分钟后，两个男孩闲谈着进了船舱，准备洗手去吃晚饭。他们看到的第一件东西就是地上碎掉的玻璃瓶。菲利普万分惊恐地看着它。

　　"看啊！它碎了！不是琪琪就是米基，一定是她们中的一个干的好事！"

　　"那艘船去哪儿了？"杰克问道，他四处寻找，但哪儿也没见着。直到他们把米基从床底下拖出来，那艘小船才失而复得。万幸米基没有再破坏它，但米基得到了三个巴掌，琪琪同样在背上得到了三下。

　　"我漂亮的礼物啊！"菲利普看着这艘雕刻精美的小船呻吟道，"杰克，看，是不是很漂亮？现在拿到瓶子外面能看得更清楚了。"

　　杰克端详着，拉了一下小船一侧的小把手。"这是什么？"他问。让他惊喜的是，把手可以打开，他能够看到船里面。

　　"里面是中空的，"他告诉菲利普，"而且好像有什么东西，菲利普——看上去像是纸，或者羊皮纸。这会是什么呢？"

　　菲利普突然很兴奋："羊皮纸？那一定是什么古老的文件！为什么会被藏在船身里面呢？一定是有什么秘不示人的东西！我说，这简直太神奇了。天知道这个文件会是什么！"

　　"我们把它拿出来好好看看吧。"杰克提议，"瞧，船的这个部分可以移动，现在我们把把手打开，然后有足够的空间把羊皮纸取出来。"

　　"小心点啊！如果这东西很旧的话，很可能会成碎片的。"

安德拉的宝藏

菲利普提醒他。杰克把船身松动的那部分移开，放到把手旁。然后，他非常小心地开始试着往外拿那张羊皮纸。但是他太兴奋了，以至于双手颤抖个不停。

这时，传来了开饭的声音。"我们现在不能去，"杰克抱怨道，"我们必须弄清这到底是什么东西！"

"小心点！你差点撕碎它。"菲利普说，"杰克，我们还是等到晚饭后再来拿吧。现在没时间了。而且我觉得两个女孩也应该知道这件事。"

"好吧，你说得对，我们就等到晚饭后再弄。"杰克叹了口气，"菲利普，把整个东西锁起来。我们不能让这艘船和其中的秘密再遭遇任何风险！"

于是，他们把这艘小船锁在橱柜里，去吃他们的晚饭，两个人都兴奋不已。他们实在是太激动了，迫不及待地想要把这件事告诉两个女孩！

与此同时，两个女孩有点摸不着头脑，为什么杰克和菲利普晚饭时候这么反常。杰克总是傻乎乎地对着她们偷笑，而菲利普则尽他所能，在不被别人听到的情况下轻声告诉女孩们。

曼纳林夫人惊讶地对菲利普皱了皱眉："菲利普！注意你的言行。想说话就大声点。"

这当然恰恰是菲利普不能做的。"呃——最后是谁获得了甲板网球赛的胜利啊？"他有气无力地说。

"就是这个？我真想不明白你为什么要小声地问这样的事情。"曼纳林夫人说，"菲利普，快别犯傻了。"

"抱歉，妈妈，"菲利普说，但看上去一点歉意也没有，反倒是一副很满足的样子。他只是情不自禁而已，满脑子都是那艘船和那张记载着秘密的羊皮纸。他很肯定那秘密一定会令人激动不已。

晚饭一结束，四个孩子就溜走了。当他们来到一个安全的角落时，杰克抓住两个女孩："露西安！黛娜！"

"到底是什么事啊？"黛娜问，"你们两个晚饭时简直像精神错乱了一样。说吧，你们在玩什么把戏？"

"嘘！听着！记得那艘在玻璃瓶里的小船吧。"杰克先说，菲利普打断了他。

"不，让我说。事情是这样的，米基和琪琪打碎了那个玻璃瓶，这两个坏家伙。当我们回到船舱的时候，满地都是玻璃碎片，然后那艘船不见了！"

"去哪儿了？"露西安很失望。

"米基拿着呢，躲在床底下。我们拿到了船，打量了一会儿——你们可能不相信，我们打开了一个把手，然后移开了船的另一个部位——里面有一张羊皮纸一样的东西！"

"天哪！"听到这个刺激的消息，两个女孩同时惊叫了出来。

"是真的，你们快来瞧瞧。但是别告诉任何人，特别是卢西恩。这只能是我们四个人的秘密。"

他们飞速赶往男孩们的船舱，差点撞到了刚整理完床铺的服务员。

"对不起！"杰克说道，"服务员先生，您收拾好了吗？"

"是的，我好了——但是你们几个为什么这么着急？"被吓了一跳的服务员问道，但他还没得到任何回答，船舱的门就当着他的面被关上了，还听到门闩被锁上的声音。这些孩子到底在搞什么鬼？

船舱里面，灯和橱柜都被打开了。菲利普拿出那艘小小的雕塑船。其他人都围过来看着它。

"瞧——你可以打开这个把手——侧边这个部分是松动的——可以被这么拿开。"菲利普说，"现在——你可以瞧见里面被塞得好好的文件了吧？我敢肯定是羊皮纸。"

两个女孩深吸一口气。"我的天哪——这太刺激了。"黛娜说，"快把它取出来，快！"

"我们需要非常小心，别把它撕裂了。"杰克说，"你们俩，往后退点。你们挤到我的手臂了。"

两个男孩神奇般地从这艘木船里面把折起来的羊皮纸取了出来，一点一点地，直到最后整张羊皮纸都出来了，船身里面也空了。

"我们成功啦！"杰克发出了胜利的欢呼声，然后把泛黄的羊皮纸小心地展开在梳妆桌上，"现在让我们看看这到底是什么。"

菲利普小心地用手指轻轻展开羊皮纸。打开后，它被铺展成一张很大的纸，孩子们都围了过去，个个都激动极了。

"是一张地图！"

"好像是什么计划之类的！"

"我读不懂上面的文字。你们看底下这些，一定是希腊文什么的吧！"

"这是什么？看起来像岛屿之类的东西！"

"快看这些标志——它们一定是表示指南针的方向——瞧，这应该分别是北、南、东、西？"

"这里应该是两张地图。你们看，这部分肯定是一个岛屿，我觉得旁边那些就是海。而那部分是一份计划图，我觉得应该是关于建造什么东西的，有通道还有些别的。"

这样激动的对话完全停不下来，每个孩子都想再凑近看清楚点。菲利普突然想到自己有一个放大镜，他起身把放大镜拿了过来。这下他们能看得更清楚了。之前因为颜色淡没有注意到的文字也显得清晰起来。

"快看这里淡淡的文字，左边，就在最上面。"露西安突然说，"这跟船身上的文字一模一样，是不是？我们来比较一下。"

他们看着船身和地图上的文字，先是船上的，再是地图上的，真的完全一致。

"还记得吗，艾普先生说这艘船的名字叫'安德拉'，如果和这个地图上的名字一样的话，那么这张图一定是跟一个叫安德拉的岛或是人有关系。"黛娜推测。

一时间，大家都陷入了沉默。每个人都在消化这些话，不知道该不该说出自己的心中所想。不——这不可能，这绝对不可能。

露西安最先把大家心里的想法说了出来。她的声音听上去像是几乎喘不过气来了。

"安德拉——就是那个不愿意嫁给独眼王子的女孩的名字。你们说这会不会是其中一艘被派出去运送财宝的船只，为了纪念她而被命名为安德拉？还是说被派出去搜寻这些财宝的船只被命名为安德拉，所以这张地图和船都叫安德拉？"

"不可能！"杰克低声说，"我们怎么可能刚好撞上了这张遗失已久的地图，而且是一份来自几百年前的古老计划的副本！这绝对不可能。"

"这可能是个骗局。"菲利普说道，但心里却觉得不是骗局。

"不，这不会是骗局的。"黛娜说，"艾普先生不是很懂古董吗？他也说这艘船非常古老，是不是？他当时很困惑，因为他说这艘船的年代要比那个玻璃瓶久远得多。"

"我来说说我的看法吧。"杰克缓缓道来，"我觉得这是份计划图，可能是某个希腊老商人复制了原件，把它藏在了船身里面，然后去世了。而这船可能也是他自己雕刻的。"

"没错，在他死后，他家里人只是把这艘船当古董一样保存着，不知道里面有东西。后来其他人得到了这艘船，觉得把它放在一个玻璃瓶里正好。"菲利普完善了杰克的想法。

"但这船是怎么被放到瓶子里的呢？"露西安很纳闷，"我真是完全想象不出来。"

"这很简单啊。"杰克说，"这些桅杆是用铰链连在一起的，可以被放平在船体上，然后拿一根绳子跟它们系住。先把船身从瓶颈这里放进去，然后拉动系着桅杆的绳子，桅杆和船帆就都起来了！这根绳子可以被抽出来，再把瓶子封起来，这样一艘鼓着帆的小船就在里面了！"

"哇！真聪明！"露西安赞叹。她又看了一下这艘小船，还有它旁边那张又旧又黄的地图。

"想想看吧，我们正在看的计划图是希腊的一位舰队司令在几百年前绘制的！他统率的正是那支运送财宝的船队。而这张图所画的就是藏匿财宝的地方，我们大概是世上仅有的知道这个秘密的人！"

这真是一个惊人的想法。四个孩子沉默地想着。他们互相看了看，露西安率先打破沉默，胆怯地说：

"杰克！菲利普！这又将是一个冒险，对吧？"

没人回答她。他们都在思考这张奇怪的地图。杰克把大家的想法说了出来。

"就像露西安说的，我们大概是世上仅有的知道这个秘密的人，但是地图上面全是希腊文！我们连一个字也读不懂，我们甚至不知道标记岛屿的名字是什么。这真是叫人恼火。"

"我们必须研究出来。"黛娜说。

"当然，但是难道我们拿着地图到处找希腊人问吗？比如说见到艾普先生，说'请问您可以帮我们解读一下图上的这些奇怪文字吗？'黛娜，这可不是个好主意。任何知道些什么的人，看了这张图立马就会知道这个秘密。而这张图也会立马从我们手中被夺走。"

"我的天，会吗？"露西安问，"那我们就一定得小心点。"

“我知道一个办法可以保证没有人能够从我们这里把地图偷走。”杰克说，“我们可以小心地把它剪成四份，我们每人拿到一部分。这样一来，哪怕有人试图抢我们的地图，他也占不到什么便宜，因为他只能得到这张图的四分之一，这不会有什么帮助的！”

“没错，这是个好主意。”菲利普赞成，“但我们为什么要在这里想象强盗、劫匪，吓唬自己呢！”

“可能是从我们之前的冒险经历里得到的经验吧。”黛娜说，“我们得知道如何对付他们！”

“你们知道吗？”杰克还在想分割计划图的事情，“如果我们把计划图分成四份，我们就可以拿着它们分别去问不同的人，帮助我们破解每一部分的内容，因为他们看不到全部的图，所以他们应该没那么聪明能够猜到整张图的意思。”

“杰克，这真是太聪明了。”菲利普一边夸奖，一边思考着，“但是我建议谁也别拿图去问艾普先生。”

“为什么不行？”杰克反问，“他不能仅凭一块地图就知道全部吧，而且我们也不会说我们还有剩下的地图。事实上，我觉得先去找他问问不是个坏主意，他至少能告诉我们这是不是一份真的文件。如果不是的话，我们也不用浪费时间去找另外三个人帮我们破解地图的其他三个部分。”

“你说，艾普先生会猜到我们现在猜到的事情吗——这是一张关于安德拉宝藏的地图？”菲利普担心地问道，依然不放心去问艾普先生。

"我们可以不给他那个写有'安德拉'名字的部分，也绝对不提其他三个部分。"杰克说，"我们就说是碰巧在探索的时候捡到的，但不知道是哪儿。露西安不用说话，因为她是唯一知道这艘船是从哪儿买来的人，我们当然也不说。我们就注视着他的眼睛，说'不，先生，我们一点也不知道这张纸是从哪儿来的，我们只是碰巧捡到了'。"

"我希望他会信你的话，"黛娜说，"他可从来不相信卢西恩说的任何话。"

"好吧，那个蠢蛋。"杰克说。

"卢西恩比你想的好多了。"露西安说，"别忘了，要不是因为他，我也不会得到这艘船。如果没有他，我也不会找到这艘被放在玻璃瓶里的船。"

"好吧，如果我们能找到的话，那他也有资格分一部分财宝。"杰克慷慨地说。

"哇，所以我们真的要去寻找这批财宝吗？"露西安很惊讶，"那艾莉阿姨怎么办？她会怎么说？维京之星会带我们前往这个藏有宝藏的小岛吗？"

"别想得这么早，露西安。"杰克说，"在我们还没搞清楚这张地图的内容前，怎么规划未来呀？我猜艾莉阿姨听到这个消息会很激动的吧。"

"我不这么想，"露西安说，"我觉得她肯定很厌烦。她会马上把我们全部都带回家的！她不会让我们去寻找岛屿和宝藏。她已经受够了类似冒险的事情发生在我们身上了。"

安德拉的宝藏

"那我们就等一切妥当了再告诉她吧，那时候，我们还能喊上老比尔一起去。"杰克宣布。

露西安立马振奋了起来。只要比尔·坎宁安能加入，一切都不是问题。四个孩子在两张床上坐下，经过这番激动的讨论，每个人都感到有些疲惫。他们真希望电扇能以两倍速运转，因为现在真是热极了。电扇呼呼地转着，让身处这个热烘烘的船舱变成了一件幸福的事情。

突然传来一声比电扇声还大的响动，孩子们惊得跳了起来。

"那是琪琪吧，在发出发动机一样的声响。"杰克说，"走，我们最好抓住她，不然得引来船长亲自查看到底发生了什么。我们把她留在女孩们的船舱太久了。这个坏家伙！"

孩子们匆忙赶去隔壁船舱，在其他乘客发牢骚之前，赶忙去制止琪琪。琪琪站在梳妆桌上的镜子面前，对着自己尖叫。尽管她很清楚镜子是什么，但她仍时不时生气地扑向镜子里的另一只鹦鹉，为自己啄不到它而生气。

"快停下来，琪琪，你这只坏鸟！"杰克喊道，"我要把你的嘴绑起来，我会的！坏鸟，你这淘气的鹦鹉！"

"长命百岁！"琪琪无视杰克，对着菲利普说道。她发出像是软木塞从瓶子里蹦出来的声音，然后又发出液体被倒出来的汩汩声。

"她想喝东西。"杰克意识到，"太对不起了，老家伙。我忘了你在这儿很热。"他把一个刷牙的杯子装满水，琪琪马上喝起来。米基也出来一起喝水。

"我们真是糟糕。"菲利普说,"我们只顾着自己兴奋,完全把这两个小家伙给忘在脑后了。我们的船舱里总是备着给他们喝的水,但女孩们这儿一点也没有。可怜的琪琪,可怜的米基!"

"傻子、笨蛋!"琪琪"礼貌"地回应道。她打了一个真正的响嗝:"对不起!米基、琪琪、米基、琪琪、米基、琪——"

"够啦够啦,"杰克说,"我们可不觉得这很好笑。来吧,一起去甲板上散个步。我们呼吸点新鲜空气吧,然后带着我们的计划睡个好觉。"

他们带着琪琪和米基上了甲板,其他乘客全都笑眯眯地看着他们。大家都很喜欢这四个孩子,还有他们那两只总能逗人乐的宠物。琪琪每次经过人的时候就会故意发出打嗝声,又立马说:"哦,我说!对不起!"她知道这能把人逗乐,她就是这么喜欢显摆自己。

在甲板上,夜晚的空气有点凉爽。孩子们没怎么说话,因为他们脑袋里的事情太多了。玻璃瓶、小船、老地图、四等分、破解、寻找、寻找、寻找——安德拉的宝藏!

回到各自的船舱后,孩子们都觉得难以入眠。他们辗转反侧,希望自己能凉快些。米基和琪琪都待在舷窗那儿乘凉。男孩们总开着舷窗,反正这两个宠物从没表现出要从那个圆洞出去的意思。

露西安躺在床上想着,心里生出一种熟悉的兴奋感和期待,又夹杂着一点点恐惧。她知道这是什么感觉,这是每段冒险开

安德拉的宝藏

始前自己心里的感觉！她轻轻地呼唤黛娜。

"黛娜！你睡了吗？听着——你觉得咱们是不是马上要开始一段新的冒险了？请说，我们不是！"

"但，我们确实是，可这又有什么错呢？"黛娜的声音传过来，她显然也睡不着，"谁买的这艘船？"

"是我，"露西安回答，"没错——如果说我们这次轻率地开始一场冒险，那都是始于我买了这艘小船——一艘冒险船！"

第9章
冒险船的秘密

　　第二天早晨，男孩们开始意识到想要破解这份摆在他们面前的奇怪文件是一件非常困难的事情，这件事的困难程度远不是他们前一晚所想的那么简单——直接把地图撕开或是平分成四等分。

　　一些男孩们之前没有在意的事情，比如曼纳林夫人的反对，突然让他们陷入了窘境。事实上，这让整个计划的前景突然黯淡无光，看上去退到了一个不可能完成的境地。男孩们为此而感到沮丧。

　　菲利普小心地把地图折叠起来，放进一个信封里，整晚都藏在枕头底下。当他们再次拿出地图的时候，前一晚激动的情绪又瞬间点燃了他们。无论如何，他们必须破解其中的含义，确定这张地图到底是不是真的——之后呢，天知道会发生什么事呢？

　　他们制订了计划。地图必须被小心地分为大小相同的四块。每一块都必须放在单独的一个信封里，再依次放入一个大一点的信封里。每个孩子都要保管好自己的那部分地图，不能告诉除他们以外的任何人。

首先要做的就是他们其中一人拿着他的四分之一块地图去找艾普先生，看他怎么说。当然不能拿写着岛屿名字的那部分，而是其他三块中的一块。

"我们去问艾普先生的时候，露西安不能跟我们一起去。"菲利普提醒，"因为当艾普先生万一直截了当地问我们，这地图是从哪儿来的时候，我们可以诚实地告诉他，我们不知道。但露西安没法这么说，而且她肯定会脸红，或者露出其他马脚。"

"我不会的。"露西安争辩道，因为她不想错过如此激动人心的时刻。

"你会的。因为你是个非常诚实的人。"菲利普说，"别这么看着我，露西安——这是好事，我们不会向你隐瞒什么的。因为这件事太重要了，我们只是担心你如果一起去，万一把事情搞砸就不好了。"

"好吧，"露西安只能无奈答应，"或许你是对的。我真希望艾普先生有时候能摘下他的墨镜。如果看不到他的眼睛，我就没法知道他到底长什么样。"

"我觉得他挺好的，除了很容易发脾气。"杰克说，"他对妻子不错，对艾莉阿姨也不错。当然，他对卢西恩不是很好——但如果我们自己有这样一个兔子似的侄子，态度差不多也会跟他一样糟糕。"

"我们有时候已经很糟糕了。"露西安提醒道，"比如我们明知道卢西恩惧怕呛水，却总是一直不停地让他去泳池里游个泳。"

"这只是为了看看他每次到底能想出什么借口罢了。"杰克辩解道，"他简直能想出上百个借口。"

"行了，想想地图的事吧，我们什么时候去找艾普先生呢？"菲利普拉回话题，"如果他说地图是真的，那我们下一步该怎么做？这船上我们还能找到什么人询问关于地图的另外部分吗？"

"能啊——甲板上不是有一个乘务员吗？"黛娜回答，"他是希腊人，我觉得他也能帮我们破解地图。还有在游步甲板上开店的小个子希腊女人，我猜她也可以帮忙。"

"没错，这样看来会挺顺利的！"菲利普满意地说，"那么现在，我们该如何裁剪这张地图呢？"

"我有几把非常锋利的剪刀，"露西安说，"就在我的船舱里。我现在去拿过来，顺便看看琪琪和米基在那儿的情况怎么样，是不是又闯什么祸了，我估计是！"

"我们在处理地图的时候，不能让她们在边上。"杰克说，"米基很可能会抓起一块地图，扔到舷窗外面去，就像他昨天对我刚写好的明信片一样！"

"这个想法简直太可怕了！"黛娜说。她想象着这张珍贵的地图被扔到舷窗外面飘走的场景。她站起来，关上了舷窗。"没错，要以防万一。"她说。两个男孩笑了。

露西安去拿她的剪刀。她去了太久，其他几个孩子都等得有点不耐烦："她在干什么呢？都去了好几个世纪了。"

露西安是带着琪琪回来的。"我不得不把她带来，"她说，

"她把米基逼到了一个角落里，然后在它面前换着脚跳舞。你们知道的，她生气时就会那样做。她还像大狗似的可怕地狂吠。可怜的米基都被吓呆了。我不得不多待了会儿，安抚它。"

"所以你的意思是，你多待了一会儿，和它们两个都玩了会儿，"杰克有点抱怨，"把我们几个晾在这儿这么长时间。剪刀呢？"

"天哪！我完全把剪刀给忘了！"露西安又立马冲回去拿，羞愧得满脸通红。这次，她拿着剪刀马上就回来了。琪琪现在满意地站在她最爱的杰克的肩上，轻声地一遍又一遍地唱着类似"鹅妈妈童谣"的曲子。她也知道自己是有点淘气。

杰克拿起剪刀，一脸严肃，非常小心地先把地图对半剪开。在他剪的时候，羊皮纸发出脆脆的声响，其他几个人都屏住呼吸盯着。

接着，杰克将剪开的一半再各剪成两块。现在，在男孩船舱的梳妆台上放着四小块地图：四小块叫人激动、珍贵又独一无二的地图，就好像是孩子们自己想象出来的一样。

"现在需要四个小信封，和四个大一号的信封。"黛娜说。她从男孩的文具箱里翻找出四个严密的小信封。地图的每一部分都被小心地放到信封里面。然后又找了四个大一号的信封，小信封被挨个小心地放进去。天哪！第一步计划完成了。

"当四小块地图的内容分别被破解了之后，我们就可以轻松地把它们再粘在一起。"菲利普说，"那么，什么时候去问艾普先生比较合适呢，还有我们究竟要怎么说呢？"

"现在就是一个不错的时机。"杰克说,"这时候他通常都躺在帆布躺椅上,而且肯定醒着,因为刚吃完早餐不久!"

"我说——我们要告诉卢西恩这些事情吗?"露西安问道。

"别傻了!当然不能!"杰克极力反对,"我不相信卢西恩。他叔叔只要冲他吼几句,他就会立刻把自己知道的事情和盘托出,甚至还有他不知道的。"

他们决定把杰克的那部分地图拿去问艾普先生。因为这块上面既没有"安德拉"这个名字,也没有那座岛屿的名字。这块上面只显示了岛屿的一部分,还有一些象形文字。

"这是象形什么?"露西安问杰克他刚才说的词,"听上去像是在说药品什么的!"

"象形文字?是指那些我们不认识的弯弯曲曲的记号。"杰克解释道,"这些记号代表着文字,也可能是什么神秘符号。"

"神秘的象征符号——听起来很刺激。"露西安说,"那么现在,我该把我这块藏在哪里呢?"

"露西安,绝对不能藏在你的文具箱或是其他类似的明显的地方。"菲利普说,"我已经想到了藏我那块的好地方。"

"哪儿?"其他三个人问道。他们看着菲利普站起来走到梳妆桌那儿,桌子的一面是固定在墙上的,船舱里的一切家具要么固定在墙上,要么固定在地上,这样一来船在颠簸的时候,这些家具不会移动。在墙面和梳妆桌之间有一个狭小的间隙。菲利普弯下身,把他的那个信封塞了进去。

"就是这儿!"他说,"没人会打扫这里——信封完全被藏在了墙和梳妆桌底部中间的空隙里。杰克，你的那块要放在哪儿？"

"我会放在我身上，"杰克说，"我的短裤有一个薄的衬里。我会拉出几寸来，把信封塞进去，再把它缝起来。但我现在还不能这么做，因为我要拿去问艾普先生。"

黛娜也想到了一个很棒的地方。她把其他人带到她们的船舱。电扇后面有一块木头，也就是固定电扇的地方。她巧妙地把信封塞进木头和船舱墙面间的空隙里，完全藏好了。她当然需要关掉电扇，再去用这个藏匿的地方。藏完后，她又打开了电扇，其他人一致觉得这个主意最好，没人会想到在整日整夜旋转的电扇后面还能藏着什么东西！

"你可真行！"杰克夸道，"露西安，现在轮到你了！"

"想想有什么地方是米基够不到的，"菲利普提醒她，"它正看着你呢。因为它害怕电扇，所以肯定不会去拿黛娜那块地图，它从来都不敢去探索电扇后面！"

"我能就藏在地毯下面吗？"露西安问。

"不行，"杰克反对，"服务员打扫地毯，把它拿出去的时候会发现的。"

"没错。那么抽屉后面的空间怎么样？"露西安又问。她抽出一格抽屉，然后把它放到地上，再从笔盒里拿出一枚图钉，把这个珍贵的信封钉在抽屉的后面。

"这儿！"她说，"没人会发现的，除非他们把整个抽屉都拿出来，不过他们没理由这么干呀？"

"这还不错。"杰克说，其他人也同意，"就算米基想，它也没有足够的力气把抽屉拉出来。行了，现在该去找艾普先生了。"

"没错。露西安，在我们跟卢西恩的叔叔讲话的时候，你就去甲板上跟卢西恩玩网球。"菲利普安排道，"这样你们两个都不会影响到我们的计划。"

于是，露西安去找卢西恩，他正独自出神，想着其他几个孩子上哪儿去了。他很高兴看到露西安，立马同意跟她一起玩游戏。她是四个孩子里自己最喜欢的一个，因为他觉得露西安不会像其他三个那样笑话他。

"他们的问题已经解决了，"杰克看着卢西恩和露西安两人向运动甲板走去的时候说，"走吧，我们得去帆布躺椅那儿了。琪琪，快决定你要待在我哪一边的肩膀上，你这样扑腾着翅膀飞来飞去让我很不舒服！"

"我真希望你能像米基似的待上一两个小时，"菲利普抱怨道，"她早上在我耳边发出热水壶烧开时的声音。"

乘客们看着三个孩子和他们的鹦鹉、猴子一起经过。现在，他们不仅已经习以为常，甚至还挺享受两个小家伙滑稽的动作。

"我正在想你们几个去哪儿了。"曼纳林夫人说，"露西安呢？"

"她跟卢西恩在一起玩。"杰克回答，坐到了曼纳林夫人的身边。艾普女士和她先生就在曼纳林夫人的另一侧。杰克尽可能大声地说着。

"我得到了一件很不寻常的东西。"杰克说，"我觉得是一份很古老很古老的文件。艾莉阿姨，你觉得艾普先生会愿意帮我看看吗？"

　　"你可以自己问问他呀！"曼纳林夫人说，"他就在这儿。"

第10章
藏匿之所

　　菲利普和黛娜挨着曼纳林夫人，坐在帆布躺椅的一侧。杰克在她躺椅的脚边，拿着他的那张图纸。他们三个看上去都是一副无忧无虑的天真样子。

　　"我很不想现在去打扰艾普先生，"杰克说，"他正在看书呢。"

　　艾普女士听到了杰克的话，拍了拍她丈夫的胳膊。"保罗，"她说，"杰克有些事想问问你。"

　　艾普先生当然知道，只是他一直装作没听见。现在他抬起头来了。

　　"可以啊，"他不情愿地说，"什么事？"

　　"我们找到了一些有点旧的纸，"菲利普也加入进来，"可能没什么意思。但我们真是一点都不明白上面说的是什么。"

　　"可能并不是什么古老的玩意儿。"杰克用拇指把他那块地图翻了过去。

　　"看起来挺旧的啊。"曼纳林夫人饶有兴致地说，"你们从哪儿得到的？"

"我也不知道，就是从我们游玩过的一个岛上捡来的。"杰克回答，"你还记得是哪里吗，黛娜？"

"不记得了，"黛娜诚实地说，"完全没印象了。"

"我也是。"菲利普说。

"把它传过来。"艾普先生说，看上去他已经失去了兴趣。他的妻子把这张羊皮纸给他递了过去。他拿到后看了看，可能准备态度轻蔑地再把它传回去。这几个孩子懂什么古董啊？一窍不通！这大概就是一小片旧纸，被风吹得泛棕色了，碰巧被他们从地上捡起来了而已。又或者他们买了什么东西，这张纸就是用来包装的。艾普先生这么想着，看了看这张纸，准备张嘴说些轻蔑的话。

但他一个字也没说，继续端详着。最后他甚至摘下了自己的墨镜。

"呃——先生，请问这真的是很古老的东西吗？"终于，杰克忍不住开口问道，他实在是等不及了。

艾普先生没有回答，而是在口袋里掏着什么。他拿出一个黑色的小盒子，把它打开，里面是一个目镜，上面装了一面材质牢靠的放大镜，人可以将其拧到眼前，就像钟表修理工修理钟表时戴的那种东西。艾普先生把这个放大眼镜——就像一片巨大的单片眼镜——拧到自己眼前，然后再次弯下身打量杰克的这张羊皮纸。

他又看了很长时间，孩子们等待着，几乎喘不上气来了。为什么他不说话？他为什么这么慢？他可真是刻薄！

最后艾普先生摘下了他的目镜，看着这几个孩子。他们有点惊讶，因为他们从没见过摘下墨镜的艾普先生！他们感到一阵凉意。艾普先生的眼睛一只是蓝色的，一只是深棕色的。黛娜感到脊背一阵颤抖，这太太太奇怪了！她禁不住盯着他看，先是那只蓝色的眼睛，再是那只深棕色的眼睛。会有一只是假的吗？这想法太蠢了！如果一只眼睛是假的，怎么会看上去和他如此匹配呢？

"这东西吧，"艾普先生想说什么，但停顿了一下，好像在斟酌最佳的表达方式，"这东西真是非常有意思。呃……"

"艾普先生，请问它真的是很古老吗？"杰克坚持问道，"我们只关心这个。"

"这不是那张羊皮纸的全部，"艾普先生边说，边来回打量这几个孩子，"这只是其中的一部分。而且从羊皮纸的边缘推测，它是最近才被裁剪的。你们说，这是不是很奇怪？"

这真是出人意料的情况。杰克立马回答，因为他觉得这里不能有任何停顿，不然他们就暴露了。

"天哪——真的很奇怪啊！先生，我们只拿到了这一部分，呃——我也很想知道是谁得到了剩下的部分呢。"

"我也是。"艾普先生看着杰克，把目镜在手里来回晃动，"我非常有兴趣知道。"

"为什么呢？"菲利普问，看上去天真无邪的样子，让黛娜很佩服。

"可惜，光就这一小块，我看不出什么来。"艾普先生说，

"如果能够看到全部的话，那一定很有帮助。"

"艾普先生，就现在这样你看出了些什么？"黛娜问。

艾普先生用他奇怪的眼睛看着黛娜。"我知道它展示了一座岛屿的一部分，"他说，"一座很有意思的岛屿，充满了秘密。如果我能看到完整的羊皮纸，我大概能够知道完整的秘密。"

"真是遗憾，您没法看到全部。"杰克说着伸出手想要回他的那部分地图。

"你们刚才说是从哪儿得到这个的？"艾普先生又突然对孩子们发问，把他们吓了一跳。

"我们没说这话啊，因为我们不知道。"杰克立马应答。

艾普先生皱了皱眉。他又戴上了他的墨镜，挡住了那双奇特的眼睛，变回了那个孩子们熟悉的，相当令人困惑的男人。

"我会暂时保管这部分羊皮纸。"他说着，拿出钱包把它放了进去。

"我希望您别这么做，如果您不介意的话，"杰克说，"我准备把这块羊皮纸带回家，或者拿去学校博物馆。如果它真的那么古老的话。"

"没错，它是真的。"艾普先生枯燥地回答道，"我会跟你们买下它的。你知道的，我对一切古旧的东西很有兴趣。"

"我们不想卖了它，艾普先生，"杰克很警觉地表示，"而且，它也不值什么钱，只有我们才会把它当作宝贝看。"

"行了行了，我就稍微借一段时间。"艾普先生说着，神色平静地把羊皮纸放进了钱包里，接着把钱包塞回自己的口袋。

然后他再次拿起书，读了起来。

杰克难过地看了看其他两个人。他又生气又沮丧，但他能做什么呢？他又不能抢过艾普先生的钱包，把羊皮纸拿出来。如果他这样小题大做的话，曼纳林夫人也会生气的，而且会惹得艾普先生起疑心——也许他早就怀疑了！

看到这一幕，菲利普和黛娜简直目瞪口呆。这个大胆的家伙，竟然就这么把他们的羊皮纸拿走了！他会还回来吗？如果他们事先备份就好了！现在他们也许永远也要不回来这张珍贵的羊皮纸的一部分了。

三个孩子起身离开了，他们觉得需要商量一下现在的情况。艾普先生没注意到他们的离开。杰克不敢再跟他说什么了，但是他狠狠地瞪了卢西恩的叔叔几眼，好像这么做能从他身上拿到钱包似的。

他们回到船舱。"无耻！"杰克骂道，"真是个坏家伙！怎么能把我们的羊皮纸塞进自己的口袋里呢？"

"杰克，希望我们还能把它找回来。"黛娜悲伤地说。

"只有一件事，就是我们现在可以完全确定这地图确实很古老，而且是真品，还藏着艾普先生感兴趣的东西。"菲利普试图让大家振作起来，"现在确信无疑了。艾普先生看第一眼的时候就被击中了，甚至还拿出他的眼镜装备。我敢打赌，他知道这是一张宝藏图的一部分。"

"我本来就觉得把地图拿去给艾普先生看不是什么好主意。"黛娜说，"上面的一些标志能让像他这样熟悉古董的人推断出比其他人多得多的东西。"

"我现在只希望他不会猜到我们几个拥有剩下的部分。"杰克说。

"他已经猜到了。"菲利普说，"我敢肯定。"

露西安突然闯入船舱。"哈啰！"她说，"事情进行得怎么样？我只能停下跟卢西恩的游戏，因为他叔叔上来喊走了他，好像去什么地方了。"

"艾普先生吗？"杰克问道，"我猜他是去问卢西恩是不是知道些什么。幸好，他什么也不知道！"

"发生了什么？"露西安问道，"你们一个个都愁眉苦脸的。那张地图真的很古老吗？"

"是的，但是艾普先生把它拿走，放进自己的口袋里了。"杰克说，"而且我觉得我们拿不回来了。"

露西安被这一情况吓到了："你为什么任由他拿走啊？真蠢！"

"换作是你，你会怎么做？把他从帆布躺椅上打下来，抢走他的钱包逃跑？"杰克一边追问，一边做出一副要打人抢东西的样子。琪琪被吓到了，害怕地飞到空中，吱吱地叫着。她警觉地待在橱柜上面，杰克则完全没注意到她。现在发生的一切都让他沮丧到了极点——毕竟他们觉得自己的计划完美、仔细又聪明！

"我们现在也只能祈祷他把那块地图还回来了。"菲利普说，"如果他还给我们了，那只能说明他自己复制了一份！"

"我们得知道他对卢西恩说了些什么，"杰克说，"他大概会让卢西恩努力从我们嘴中榨出些关于羊皮纸的消息来，找出我们是不是有其他部分的地图，或者我们是什么时候从哪儿找到的，剩下的图纸在哪里。"

"没错，我们得编造一个完美的故事，然后搪塞他！"黛娜说道，眼里闪着光，"来吧，我们一起想一个办法！如果艾普先生要玩什么花样，我们也可以。现在，如果卢西恩过来追问我们，我们该说什么？"

"我们就说，我们也不太知道这个羊皮纸的事情，最好假装露西安知道事情的全部过程。"杰克说着，看上去对自己这个跟卢西恩和艾普先生开玩笑的主意挺得意。

"我的天。"露西安警惕地说，"需要我编造整个故事告诉卢西恩吗？"

"不，我们会替你说的。"杰克咧嘴笑着说，"现在，让我们想想，我们该怎么说露西安知道的关于羊皮纸的事情呢？"

"她有一天站在运动甲板上，"黛娜开始编，"在喂一些住在附近岛屿的海鸥。"

"有一只挺大的海鸥嘴里衔着什么东西飞了过来，"菲利普继续补充，"它在露西安的头顶盘旋，然后……"

"在准备吃面包的时候，嘴里的纸掉在了她的脚边，"杰克说，"她捡了起来，然后给我们看。我们想，只有像艾普先生那样聪明的人才可能破解一只大海鸥带来的文件……"

"于是我们就拿给他看，"黛娜说完了结尾，咯咯笑起来，

"这些话可真蠢。卢西恩永远不会相信的。"

"他会的。但他的叔叔不会!"菲利普也笑起来,"用来对付卢西恩足够了。艾普先生期待借助卢西恩从我们这儿得到些什么消息,结果只是一些没用处的话!"

"别让我来说,"露西安请求,"到时我会满脸通红的。"

"听着,现在是不是只有卢西恩一个人?"杰克试图说服露西安,"露西安,你走过去,瞧,拿着这本书,然后说你是要拿给艾莉阿姨的。去吧,这样就能缓解你的紧张了。这是卢西恩啊,我知道他挺蠢的。"

露西安夺过书,往外走去。她刚走到门口,门就被打开了,然后卢西恩的兔子脸出现了。

"哈啰,哈啰!"他说,"我能进来吗?"

"可以啊,"露西安说,挤到他身边,"我正准备把这本书拿去给艾莉阿姨呢。其他三个人也在这儿呢,他们会很高兴见到你的。"

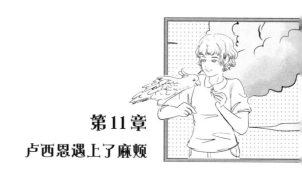

第11章
卢西恩遇上了麻烦

"哈啰，卢西恩。"杰克招呼道，"快进来，吃点甜的吧。"

"谢谢。"卢西恩道谢，坐到了床上。他从杰克递给他的铁罐子里掏出一大块脆花生糖，"我说——这可真是好吃。"

"像网球游戏一样好吗？"菲利普问道。

"呃……其实，我只喜欢跟露西安一起打网球。"卢西恩说，他实在是太差劲了，连小小的露西安都能打败他，"不能再跟你们说游戏的事情了，我说——我叔叔刚告诉我，你们给他看了一小块羊皮纸。"

"他说的吗？他说了什么？"杰克问。

"他就说这东西绝对是真品——但要是看不到其他的部分，他没法做完整的判断。"卢西恩一边大口咀嚼着，一边说，"哦，我说——快看那只猴子，它拿走了一块超大的果仁酥！"

"是的，跟你现在拿的这块差不多大！"黛娜注意到卢西恩又从铁罐子里拿了一大块酥糖。

"嘿，我说，我真的拿了块很大的吗？"卢西恩不想承认，"我会注意点的！你们从没跟我提过羊皮纸的事情。为什么呢？

我也很想看看。"

"这不是很重要吧？"菲利普说，"我的意思是，我们没想到你会感兴趣。"

"但是，我确实感兴趣啊，我对任何事物都感兴趣！"卢西恩说，更用力地嚼着酥糖。米基也在大嚼着，琪琪狠狠地盯着它。她虽然不喜欢果仁酥，但更不能忍受米基也在享用："你们快告诉我这一切吧，快告诉我。比如你们是从哪儿得到的，等等。"

"你叔叔没告诉你我们从哪儿得到的吗？"黛娜装得很无辜的样子反问他。卢西恩很惊讶。

"哦，没有，"他说，"你们已经告诉他了？那为什么他还让我来问你们这一切呢？"

他恰恰暴露了自己。其他三个孩子互相使眼色。"或许我们没告诉他，"杰克假装严肃地问，"我们说没说？"

"没说，说了；没说，说了。"琪琪评论着，觉得这是赢得关注的好机会，但没人关注她。

"我们怎么会没告诉卢西恩呢，真是惭愧。"黛娜用一种和善的语气说道。卢西恩笑容满面。

"是的，毕竟，他是我们大家的朋友。"菲利普也赶紧帮腔。

卢西恩被这评价惊到了，他吃了一大口酥糖，还呛到了自己。琪琪立马也学着咳嗽起来，她简直太擅长做这样的事情了。杰克在卢西恩的背上打了一拳，这时候米基也有样学样，走到琪琪背后给了她一拳。孩子们爆笑起来，但是琪琪对此感到非常恼火，追着米基在船舱里到处跑。

"我的天，"黛娜都笑出了眼泪，"这两个家伙简直要把我笑死了。好了，我们刚才在说什么？"

"关于我是你们所有人的朋友，然后你们会告诉我关于那一小块羊皮纸的事情。"卢西恩积极地回答道，"哦，我能再拿一块酥糖吃吗？我说，实在是感谢！"

他又拿了一块，这次记得不要拿最大的那块。

"没错！"杰克说，"我们刚说到不告诉卢西恩这件事，让我们很惭愧。好了，老朋友，这事发生在露西安身上，该怎么说呢……"

"她那会儿站在甲板上，准备喂那些从附近的岛屿飞过来的海鸥。"杰克说，卢西恩听了点点头，他确实经常看到露西安在喂它们。

"突然飞来一只很大的海鸥在她头上盘旋，嘴里还衔着什么东西。"菲利普继续说，"是这样吧，杰克？"

"没错。"杰克一脸认真地说。

"当这只海鸥飞来吃面包的时候，它嘴里的羊皮纸掉了下来，恰好落在露西安的脚边！"黛娜说，"卢西恩，你怎么看这事儿？杰克，事情是这样的吧？"

"完全没错。"杰克用坚定的口吻说。

卢西恩盯着他们，嘴巴张得大大的。"哦，我说！"他说，"这也太神奇了！我的意思是——谁能想到是这样呢？"

其他三个孩子觉得这事挺容易想到的啊，但他们没回答。

黛娜感到一股很强的要笑出声的冲动，于是她把脸别了过去。卢西恩看上去信了这个故事。

"老实说，这很像童话故事，对不对？"卢西恩说，"那只海鸥恰巧把东西丢在了露西安的脚边。"

其他三个孩子立马附和着，确实很像童话故事。"这真是非同寻常。"卢西恩说着站起来，把最后一口果仁酥吞进嘴里，"好吧，我得走了。非常感谢你们告诉我这一切。嘿，我说，那个装着小船的玻璃瓶怎么不见了？你们现在只有小船，没有玻璃瓶了！"

"是的，米基和琪琪把它打破了。"杰克说，"两个坏家伙！不过，它还是一艘漂亮的小船，不需要有那个玻璃瓶。"

卢西恩出去了，三个孩子相视而笑。他真是闹了个好大的笑话！可怜的卢西恩——他刚才真是"自取其辱"！

"我都能想象到他跟那个什么也不信的叔叔吐露这一切的情景。"杰克说，"走吧，如果我不去呼吸点新鲜空气，做点运动，我真是快窒息了。我们一起去找露西安，玩会儿滚铁圈之类的游戏吧。现在去甲板上玩网球估计太热了。"

他们一早上都在玩游戏，然后到甲板下面吃午饭，每个人都觉得饿极了。不过他们有点惊讶，因为午饭时间卢西恩没有出现，他们想着这家伙会不会病了。曼纳林夫人向他的阿姨询问了情况。

"哦，他没病，我觉得他就是被太阳晒得狠了。"卢西恩的阿姨回答，"他需要静静地躺一会儿。"

"我提议我们一起去卢西恩的船舱，看看他是不是一切都好。"杰克说，"他之前可从来不介意大太阳。"

几个孩子下了楼，轻轻地敲门，但是没人应。杰克转动把手，走了进去。卢西恩躺在床上，把头埋在枕头底下。

"卢西恩，你在睡觉吗？"杰克轻声问道。

卢西恩突然转过头来。"啊，是你。"他说。杰克看到他满脸泪痕，显得脏兮兮的。

"怎么了？"杰克问道，"我说，他们几个也可以进来吗？他们就在门外。"

"如果他们想的话，当然可以。"卢西恩答道，看上去明显不是很欢迎有人来访，可又不愿意拒绝。四个孩子全部进了他的船舱。露西安看到卢西恩泪迹斑斑的脸，感到很担心。

"你怎么了？"她问，"你中暑很严重吗？"

"不是中暑！"卢西恩回答，让孩子们感到吃惊的是，他的眼里满是泪水，"是我那个可怕的像怪兽一样的叔叔！"他又把脸埋进了枕头里企图掩饰自己的眼泪。

"他对你做了什么？"杰克问道，没用什么同情的话语，因为他觉得对卢西恩这个年纪的孩子而言，那样的话太无力了。

"他用各种话辱骂我。"卢西恩说着又坐了起来，"他，他喊我笨蛋，还有傻子……"

"砰！"琪琪说，"笨、蛋！"

"你怎么也开始这么说了。"可怜的卢西恩对鹦鹉说，"他说我是天生的蠢蛋，傻到家了，还有……"

"可是他为什么这么说呢？"露西安感到很震惊。

"因为我告诉他，露西安是怎么得到那一小块愚蠢的羊皮纸的。"卢西恩告诉他们，"你们知道的，就是你们告诉我的情况。我以为他会满意我找出了他想知道的事情。但他没有。"

"他不信？真是坏透了。"菲利普嘴上这么说，心里却觉得卢西恩直接把他们几个编造出来的故事告诉他叔叔，难怪会被责骂，毕竟这是他们计划好的，但他也真是爱说闲话！

"我跟他说，'是一只海鸥把羊皮纸带给露西安的，还扔在了她脚边'。"卢西恩说完模仿他叔叔夸张的反应，"然后叔叔说'什么？'所以我又跟他说了一遍。"

"那他第二次听完说了什么？"杰克努力憋着不笑，问道。

"就是我跟你们说的一切。他感觉像是被人侮辱了似的，非常粗鲁。"卢西恩说，"毕竟，他曾经很相信我跟他说的一切。我想象不出来为什么他这次不相信我！"

"你还跟他说了别的什么吗？"杰克立马又问。

"没别的了，他还想知道我跟你们一起买过什么东西，在哪儿买的，就这些。我告诉他，我跟露西安一起买过东西以及怎么找到那艘放在玻璃瓶里的小船。然后他说：'啊，没错，安德拉！就是安德拉！'就像这样。我告诉你们，他简直是个怪人。"

其他人听完后，陷入了沉思。艾普先生果然还是很有目的地从卢西恩身上得知了他想知道的事。他知道他们买了那艘船以及是从哪儿得到的，他还记得他们最早问他的那个名字：安德拉。他把这一件件事串联在一起。他大概已经猜到那张羊皮纸是从船里面被发现的，因为这个该死的卢西恩肯定已经告诉他玻璃瓶被打碎了，现在船被拿了出来。

"你跟你叔叔说那个玻璃瓶碎掉，那艘船已经不在里面的事情了吗?"杰克问。

"呃，是啊，我觉得我说了。"卢西恩说，"我说，我没做错任何事啊，我错了吗？我的意思是，你们会介意我把这一切都告诉叔叔吗？"

"我们至少不介意你把海鸥还有那小块羊皮纸的事情告诉他。"菲利普诚实地回答，"我很抱歉你叔叔这么疑神疑鬼。他那样责骂你真是太不应该了。"

"确实很不应该，是吧?"卢西恩很伤心地说，"他没有权力这么对我，他其实也这样骂过你们。"

"好了，别再重复那些字眼了。"杰克说，"卢西恩，但你的确需要学会保守其他人的秘密。我的意思是，你不能一听到别人跟你说了些什么，就立马到处说，尤其是得意扬扬地炫耀这些信息。"

"现在你们也生我的气了!"卢西恩哀号道。杰克厌恶地起身，他受不了卢西恩的这些行为。杰克对卢西恩并不感到愧疚，虽然他是因为他们特别为他编造的荒唐故事而陷入麻烦的。卢西恩总是像这样立马把消息说了出去才让自己陷入麻烦！

其他几个孩子也站起来，只有露西安对卢西恩的遭遇感到抱歉。但她还是对他的眼泪和自怜感到厌恶，真的，这一切都是他自己一手造成的。

103

四个孩子一言不发地走出船舱，留下卢西恩一个人在那里悲伤，沮丧，生气——和饿肚子！

"现在去一下我们的船舱吧，"杰克说，"我们需要商量一下对策。艾普先生推测出这些线索的速度太惊人了。卢西恩真是愚蠢！为什么他要说那么多关于小船的事情呢？我们最好把那艘船藏在一个安全的地方，以免艾普先生像借走羊皮纸那样把它也借走。"

可是，当他们走进男孩的船舱时，菲利普的一声大叫把所有的人都吓了一跳。"快看——他已经把小船借走了！小船不见了！"

第12章
第二块地图

千真万确！那艘雕刻精美的小船已经不在架子上它原先所在的位置了。它不见了。

四个孩子恼怒地看着彼此。讨厌的艾普先生！他有什么权利这么"借"东西？他会还回来吗？

"而且，他借走小船要做什么？"黛娜有点疑惑，"如果他已经猜测到我们是在小船里发现的羊皮纸，我不明白他为什么要拿走小船，他不是已经拿到羊皮纸了吗！"

"他知道，他拿走的羊皮纸只是一部分。"杰克更正道，"他可能觉得剩下的羊皮纸还在小船里面，也许是我们没注意到，或者是我们把它藏在了里面。所以他要借走看看。"

"你的意思是，偷走了。"露西安轻蔑地说，"令人讨厌的家伙！我觉得他简直坏透了。"

"需要我过去找他，问问是不是他拿走了吗？"菲利普问。他非常生气，简直是一副准备把狮子拖出洞穴的架势。

其他人想了想。"如果不是他拿的呢？"杰克问，"那我们这样指责他，就会很尴尬。"

"还会有谁拿走小船呢？"菲利普问道，"没别人了！"

"听着，我们一起去泳池里游个泳，然后忘了这一切吧。"黛娜建议，"如果这之后，你还是像生气的狮子一样，那你再去找他。现在真是热极了。我想去游个泳。"

"行吧。"菲利普不情愿地说道，"也许我游完泳就不会这么想去逼问艾普先生了。"

但游完泳后，他的想法还是没有改变。其他几个孩子都很佩服他，他们觉得这是勇敢的表现——去找艾普先生，指责他"借"走了他们的小船！

菲利普去找艾普先生，但他不在自己的船舱里，也不在帆布躺椅上。他能去哪儿呢？菲利普开始在游轮的上上下下搜寻，决心一定要找到他。他最后在广播室里找到了他。

"艾普先生，"菲利普勇敢地走向他，"你把我们的小船怎么样了？"

艾普先生停了下来。菲利普真希望他能别戴着那副墨镜，这副墨镜的遮挡让他对艾普先生现在是惊讶、生气还是其他什么情绪完全摸不着头脑。

不过，他马上就知道艾普先生的感受了。因为艾普先生用一种非常严厉的口吻对他说："男孩，你这话是什么意思？你在说什么小船？"

"那艘我们之前给你看过的雕刻精美的小船，就是那艘被放在玻璃瓶里，叫安德拉的小船。"菲利普一边说，一边更加希望自己能够看到艾普先生的眼睛，读出他在想什么，"你对它做了什么？"

"我觉得你现在发疯了，"艾普先生很不友好地说，"疯极了，跟卢西恩差不多。他跑来跟我说了一个关于小女孩、海鸥和羊皮纸的童话故事。真是无稽之谈，无聊透顶！你现在又跑来问我什么玩具船的事情！你是不是觉得我拿了它，泡澡的时候放在浴缸里？"

"是你拿的吗，艾普先生？"菲利普坚持问道。

"不是！别再拿你们的童话故事羞辱我了，还有你这些愚蠢的问题！"艾普先生震怒。

艾普先生说完后就大步地走开了，嘴巴紧闭，一副冷漠的样子。菲利普有点颤抖，他还没从艾普先生的暴怒中恢复过来。但他很确信的是，这是一个可怕的男人！菲利普肯定就是艾普先生拿走了小船。他赶紧下楼去船舱找其他几个孩子，他们在那儿等着他。

菲利普打开舱门，走了进去。"好吧，"他说，"小船不见了，可艾普先生说自己没有拿过，但我敢肯定就是他。我从骨子里这么觉得！"

"然后你的骨头告诉你这个想法是不对的，"杰克说着，用手指向屋那头的靠墙的架子，"瞧，在那儿呢。"

菲利普喘着气看着这一切——那艘雕刻精美的冒险船又回到了原来的位置！

"它刚才在哪儿？"他问道，"天哪，我刚跑去指责艾普先生，真是蠢极了！它刚才到底上哪儿去了？"

"我们也不知道,"黛娜说,"在你离开去找艾普先生几分钟后,我们走进船舱,一眼就看到了小船!"

"就在这个位置,在架子上,和我们早上放的位置一模一样。"露西安说。

"谁放回来的?"菲利普问。

"如果我们知道的话,也就能知道是谁拿走的了。"杰克回答,"我还是觉得是艾普先生。你还记得吗,他今天比我们晚一步去吃午饭。他可以轻易地溜到我们的船舱,在那时把小船拿走,然后再趁我们游泳的时候,把小船放回原位。他很可能看到我们在泳池,这样他就知道自己有足够的时间把小船放回去。"

"小船的把手有点松掉了,"黛娜说,"我们觉得他一定是发现了怎么打开,接着移开那块木头的部分,彻底检查了船身里面的情况。"

"我明白了。所以在他发现里面什么也没有之后就慷慨地把它还了回来!"菲利普说,"我不喜欢这个男人。他之后肯定还会来我们船舱到处搜寻剩余的几块地图。"

露西安很焦虑:"我的天哪,你们觉得,他会找到剩余的地图吗?"

"有可能吧,"菲利普不得不承认,"虽然对我们来说都是很安全的藏匿之所,但是对他来说,要找到地图也许很简单。"

"我们现在就要赶紧去破解其他几块地图的内容吗?"黛娜突然问道,"我们之前不是计划问那个在船上开店的小个子希腊女人，还有那个甲板上的服务员。但是艾普先生知道我们把地图展示给其他人看以后，应该会马上来寻找吧。"

"没错，这是个问题，"杰克说，"但如果我们不破解地图的内容，我们的情况也不会更好。如果没人知道藏匿的地点，这些被藏起来的宝藏对人来说就什么都不是。无论如何，我们得先知道那张计划图是不是真的标记了宝藏被藏匿的地点，现在我们只知道这份文件是真的，还有艾普先生对它特别感兴趣。"

"我觉得我们可以相信那个老板娘会替我们保守秘密，"露西安说，"她人很好，对我们也不错。如果我们跟她说这是个秘密，她会保密的吧？无论如何，我们得找别人问问！"

他们争论了一番那个老板娘到底值不值得信任，最后达成一致——她值得被信任。

"她说要给我看一些她孩子的照片，"露西安说，"她在某个小岛上有三个孩子。她把他们丢给了祖母看管，自己上船做生意。我们可以一起去她那儿看照片，然后问问她羊皮纸的事情。"

"露西安可真是了解每个人的人生故事啊，"菲利普咯咯笑起来，"她到底怎么做到的，真叫我莫名其妙！她知道二副孩子的名字，还知道那个女服务员的母亲是怎么经受病痛折磨的，她甚至知道船长这一生到底养过多少条狗！"

"我才没有，"露西安义愤填膺地反驳道，"我怎么敢问他狗的事情。总之他在船上没有养一只狗。"

"我只是在跟你开玩笑，露西安。"菲利普赶紧道歉说，"事实上，我觉得你的点子很不错。我们可以一起先去看老板娘的照片，然后拿出我们的羊皮纸问问情况，只拿出一部分。"

"那我们现在就去吧，"露西安看着时钟说道，"船上几乎每个人这个点都会午休一会儿，没人会在商店里。老板娘现在肯定一个人待着呢。"

他们一起出发了。菲利普突然想到，他得先知道艾普先生这会儿在哪儿，以防他跟过来。

不一会儿，菲利普回来告诉其他孩子："他在游步甲板的帆布躺椅上午睡，脑袋朝后仰着，没读书，也没做其他事。"

"你怎么知道他睡着了？"杰克追问，"你没法知道，他把眼睛藏在那副讨厌的墨镜后面，你根本分不清是睁着还是闭着。"

"好吧，他看上去像是在睡觉，"菲利普承认，"看上去有点瘫软、很放松的样子。走吧，我们现在去商店吧。"

他们到了那家小商店。希腊女人见到这群孩子还有琪琪和米基，立刻露出洁白的牙齿，给了他们一个开心的微笑。

"啊，琪琪、米基，你们又干了什么坏事吗？"她问道，给小猴子挠痒痒，又戳了戳琪琪的胸脯，"一，二，三，冲啊！"

琪琪一听，立刻发出发令枪的声音，这正合希腊女人的心意。她很熟悉琪琪的行为，每次琪琪打嗝、咳嗽和打喷嚏的时候，都能逗得她哈哈大笑。

"让她发出吸鼻子的声音，"她请求道，"我喜欢她这么做。"

琪琪于是发出各种各样的吸鼻子声音来满足她，一旁的米基惊呆了。老板娘拿出照片，给孩子们讲关于自己三个女儿的人生故事。黛娜想，这世上以前从没有过这样三个女孩，那么甜美、优秀、可爱、神圣，难以置信地漂亮——也极其乏味！

杰克觉得该轮到他们说话了，于是推了推菲利普。菲利普立马心领神会地掏出他那部分地图。"看，"他对老板娘说，"请问您可以帮我们看看这上面的线索吗？这是一份我们找到的非常古老的文件。上面说了什么，还有它画的是什么？"

这个希腊女人用她闪亮的黑眼睛仔细打量着。"好像是什么计划，"她说，"但是你们这个不是全部，真是遗憾！它画的是一座叫泰弥斯还是西弥斯的岛屿的一部分，我看不清楚到底是什么名字。瞧，岛屿的名字是用希腊文写的，你们肯定读不懂，因为字母和英文不同。没错，就是这个岛屿的一部分，但是我不知道这个岛屿在哪儿。"

"您还能从地图上看出些什么来吗？"黛娜继续问。

"好像岛上有什么重要的东西，"希腊女人接着说，"可能是一座庙？我不知道。这里标记了一个建筑，或者是指一座城市。我还是不知道。如果我能看到全部的地图，我能告诉你们更多。"

孩子们听着希腊女人的话，实在是太过投入以至于完全没听到有人过来的轻轻的脚步声。一个阴影罩了下来。当他们抬头看的时候，黛娜倒吸了一口气。是艾普先生，他的墨镜像往常一样遮住了眼睛。

"啊，是什么有趣的东西，让我瞧瞧！"他冷酷地说道。在所有人反应过来之前，艾普先生已经从希腊女人手里把那张羊皮纸拿走了，自顾自地看起来！

菲利普试图从他手指缝间把羊皮纸再拿回来，但是艾普先生提防着他，就像开玩笑似的把羊皮纸举得很高。

"居然不让艾普先生看！淘气的男孩！"

"坏坏，淘气的男孩！"琪琪立马学起话来。米基觉得这好像是一个抢夺东西的游戏，便立刻跃到空中，抢过那张纸。它把羊皮纸抓在手掌里，跳回菲利普肩上，接着手里紧握着羊皮纸，跳到店铺的顶上，坐在那里。看到没人能碰到自己，它兴奋地大笑起来。

艾普先生知道自己被打败了。"真是个好玩的小家伙！"他称赞道，又试图用一种生气的口吻说，"行吧行吧，我们下次再看吧！"

说完他丢下了这群目瞪口呆的孩子，快速地向自己的帆布躺椅走去。

第13章
再见了，艾普先生！

"这下好了！"黛娜首先开口说话，"他真是个厚脸皮！菲利普，你去他椅子那里观察他的时候，他不可能在睡觉！他肯定注意到你在打量他，猜到了我们在计划什么，所以到处找我们。"

"他太可恶了，"菲利普抱怨道，"现在他已经看过两部分的地图了。他知道是什么岛屿，因为那个名字就在第二块地图上。我们的运气真是太糟了。"

他们离开了那个有点被吓到的老板娘，悻悻地去了上层甲板。风吹在孩子们脸上，稍微让他们高兴了点。艾普先生一离开，米基也很快从顶上下来，菲利普总算安全地拿回了他的那部分地图。但危害已经造成，艾普先生看过了！

"就算我们的计划里还有什么的话，艾普先生看的东西已经足够他理解了。"杰克沮丧地说，"我没法说我们表现得有多聪明，恰恰相反，我们傻极了。"

"直接说出我们的秘密吧，"黛娜说，"事情已经不受我们掌控了！"

"老实说，我不知道我们能对那些宝藏做什么。"露西安突然说，"我的意思是，就算我们知道了确切的藏匿地点，我们也不太可能去寻找它。所以我们还是放弃吧，如果艾普先生想去找，就让他去吧！"

"我不得不说，你可真慷慨，就这么放弃几乎会是我们的宝藏，说什么就让艾普先生拿去吧！"杰克恼怒地说，"大概是因为你根本不想再来一次冒险了吧！"

"嘿，我说！"琪琪大叫，其他孩子立马停下争吵。琪琪像往常似的，向他们提示了卢西恩的到来。卢西恩走进船舱，脸上挂着亲切的微笑。他看上去像是完全忘记了四个孩子在他的船舱里发生的事情，当时他泪流满面。他的脸看上去还是有点脏，不过一副似乎挺高兴的样子。

"哈啰！"他喊道，"刚刚过去的半小时，你们几个到底上哪儿去了？我到处找你们。我说，瞧，这是叔叔给我的！"

他给其他四个孩子展示了几张希腊的纸币："我猜他是因为对我的态度那么差感到抱歉才给我钱的，你们觉得呢？"他继续说："无论如何，他现在心情很好。阿姨也不懂为什么！"

但四个孩子心里完全清楚艾普先生突然心情大好的原因。他们苦笑着看着彼此。艾普先生得到了他想要的，至少是部分他想要的，现在他满意了。这让杰克很受打击，艾普先生好像总有办法得到自己想要的东西，他不在乎通过何种方式。他心想，他们几个应该找比船舱更安全的地方来藏匿剩下的地图。

杰克又悲观地想：这又有什么用呢？就像露西安说的，他们也不可能自己去找这些宝藏！他们怎么可以呢？他清楚地知道，艾莉阿姨是绝对不会允许的，可能只有等到他们长大成人后才会改变。如果这次比尔能跟他们一起旅行就好了！

他突然有了主意。"我有点事，先离开一下，"他跟大家说，"一会儿见。"说完，他就和琪琪一起离开了，心里盘算着：要不要在现在的地图上查查看，那个叫泰弥斯还是西弥斯的岛屿的位置呢？会在哪儿呢？看看这个小岛靠近什么地方应该会挺有趣的吧。哎呀，它也许离游轮正在巡航的地方很近呢！

他和琪琪一起来到游轮底下的图书馆，要了一份附近岛屿的地图。馆员把地图给了他，但是不太欢迎地看着琪琪，他不是很希望一只鹦鹉打搅这个图书馆的安静。

"擦擦你的鼻涕，"琪琪建议他，"再擦擦你的脚！我跟你说了多少次了，要把门关上？砰！啊！"

馆员什么也没说，只是低下头看了看自己的鼻子。他这一生里从没有人对他说过这样的话——尤其是被一只鹦鹉！他非常恼怒！

"一，二，三，冲啊！"琪琪说完，发出发令枪的枪响。馆员几乎被吓得从椅子上跳起来。

"真是太抱歉了。"杰克赶忙道歉，担心馆员会把他轰出去。他拍了拍琪琪的嘴巴，"礼貌，琪琪，注意礼貌。你可真糟糕！"

"你可真糟糕。"琪琪用惋惜的口吻重复了一遍，又开始学着馆员擤鼻涕的样子。

杰克全神贯注地看起地图来，把琪琪的事情完全抛在了脑后。查了很久，他也没在地图上找到一个叫泰弥斯的岛屿。但是，它突然就出现了，就在他鼻子底下！这不是一个很大的岛屿，图上的标记看上去像是临海的一个城市或是城镇。还有一两个小标记，看上去代表着几个村庄——不过只有一座城镇。

所以，这就是很多年前，传说中运送船队中途藏匿宝藏的地方！他们把船停靠在这个海滨城市，在夜深人静的时候来到这个港口。但他们是怎么卸货的呢？这里的人们也卷入了这个秘密吗？宝藏具体被放到哪里去了？一定藏得非常隐蔽，要不然怎么会过了那么多年都没人找到呢。

杰克完全沉浸在了地图里，他的脑海中想象出了一幅又一幅的画面，让他整个人亢奋起来。他深深叹了口气，琪琪立马模仿了这个动作。如果他能够去泰弥斯岛就好了，到那个临海的城市，哪怕他只能看一眼！

可能艾普先生也会去，毕竟他对所有岛屿的情况都了如指掌，而且能支付起船只的费用，挨个岛寻找，探索他感兴趣的岛屿。杰克合上地图，叹了口气。他把所有这些想法一股脑儿地都抛诸脑后。只要不是成年人，你就没办法去寻找宝藏。杰克的这个常识告诉自己，他和其他三个孩子的

他抬头看，挥了挥手，墨镜反射着光线。

计划只是一场疯狂的梦境罢了：非常美妙但绝对不可能实现。

杰克走出图书馆，上了甲板。游轮正在驶往另一座岛屿，尽力地靠近它，这样，乘客们就能看清楚那迷人的海岸线，但他们并不会在这座岛屿停留。

至少，杰克是这么认为的。当他们快靠近时，他才觉察到有什么不对劲。游轮既没有停靠到这儿的港口，其他乘客也没有下船去搭乘开过来的汽艇。游轮的发动机这会儿停了下来，杰克倚着栏杆望着声音越来越近的汽艇。

汽艇很快到了游轮的旁边，随着海浪上下波动着。维京之星的一侧，一个梯子被放了下来。有个人爬了下去，对船上的其他人挥着手，用外语说着什么。

杰克吃了一惊，那个人正是艾普先生！他在跟他的妻子和侄子告别。他往下爬上汽艇，跳到它的甲板上。他的大行李箱用一根绳子从游轮上吊下来，挨着他放到了汽艇的甲板上。他抬头看，挥了挥手，墨镜反射着光线。

杰克眉头紧皱，又生气又悲伤：可恶的艾普先生，真是可恶！杰克心里很清楚为什么艾普先生要离开游轮。目前找到的信息已经足以让他开始这场伟大的寻找安德拉宝藏的旅程了。他一定是动身去泰弥斯岛了。他已经嗅到了杰克他们几个在宝藏地图上找到的讯息。那些宝藏将是他的了。

也许，杰克永远也不会有机会知道之后发生的事情——不知道宝藏是不是被找到，是什么宝藏，等等。这种感觉像是读一本非常有意思的书，只读到一半的时候，书却被拿走了，不知道剩下的故事。

汽艇在轧轧声中驶离了游轮。艾普先生和他的墨镜一起消失了。杰克从甲板的栏杆那儿转过身，去找其他同伴。他想知道他们知不知道艾普先生走了。

杰克在船舱里找到了他们。米基吃了什么不该吃的东西，现在病了，所有的人都心急如焚，忙着照顾它，他们甚至没注意到游轮的发动机停了一会儿，刚刚才重新发动。

"好了！"黛娜正说着话的时候，杰克走进了船舱，"它现在总算好了——米基，是不是？你不该这么贪吃的。"

杰克进来的时候非常沮丧，大家有点惊讶。"发生什么事了？"菲利普立马问道。

"一切已成定局，"杰克在离得最近的一张床上坐了下来，"你们知道谁拿着行李箱，搭乘汽艇离开了吗？"

"谁？"大家问道。

"艾普先生！"杰克回答，"他急着去寻找我们的宝藏了！他知道那座岛屿，猜到了安德拉宝藏在那里。他现在去实施寻宝计划了。至少，这是我的看法！"

"我们还是放弃所有宏大的计划吧，"黛娜说，"真惭愧！我当时确实为即将开始冒险而激动不已。"

"我猜那次在广播站见到他时，他就是在发送广播，联系汽艇带他离开。"菲利普回忆起来，"仅仅是第一块地图就已经让他采取行动，现在他看到了第二块地图，更是确信无疑了！"

"我们太倒霉了，"露西安说，"我们通常不会把事情搞砸的。哈啰，是谁？"

"嘿，我说！"琪琪马上答道，大家一下子就知道是谁了。卢西恩永远都是这样大呼小叫地推开门进来了："嘿，我说！你们知道发生了什么事情吗？"

"你摆脱了你的叔叔。"黛娜马上回答。卢西恩咧嘴笑了。

"没错，他已经离开了，说是自己生意上有紧急的事情，不能再跟我和阿姨一起这么优哉游哉地度假了。天哪，他走了我好高兴啊。"

"没错，他不是一个讨人喜欢的人。"杰克说，"我很高兴他不是我叔叔。他的一些行为让你绝对不会认为他是个有魅力的人。"

"绝对不会。"卢西恩也表示同意，现在他可以随心所欲地说出对叔叔的真实想法了，"你们知道吗，他曾经希望我把那艘小小的雕刻船拿给他，并且不要告诉你们。你们觉得怎么样？"

"很不怎么样，"杰克说，"所以你真的拿了？"

"当然没有！"卢西恩义愤填膺的态度让每个人都觉得他说的是实话，"你们把我当成什么了？"

没人回答他——他们把他当成什么——他们觉得回答这个问题会破坏卢西恩现在愉悦的心情，卢西恩正在他们身边笑容满面呢。

"没了我叔叔，现在我们可以有段快活的时光啦，你们觉得呢？"他问道。

"我不能说你叔叔对我们有什么影响，"杰克说，"但我现在不想再谈论这个人了。他会让对话变得不愉快。晚饭的开饭铃声响了，卢西恩，你最好现在快去吧。你今天没有吃午饭，肯定饿坏了。"

"我真的饿坏了。"卢西恩说完就离开了，看上去对生活充满了劲头。而其他四个孩子则完全提不起劲来。事实上，他们看上去沮丧极了。

"好了，这大概就是一场前途大好的冒险的结尾吧。"菲利普说。

但是他错了。这还不是结尾，真正的冒险才刚刚开始！

第14章
事情开始发生

　　事情在第二天就发生了。游轮一如往常地航行在蓝紫色的海面上，天空铺展着耀眼的白云，露出的蓝色就像是明亮的补丁。阳光透过它们照射下来。

　　海鸥滑翔而过，其他海鸟要么贴着海面快速飞行，要么飞到游轮上方。每个人都躺在各自的帆布躺椅上，读着书或是打着盹，心情愉悦地等待服务员们在早午茶时间拿来的冰柠檬茶。甚至连孩子们都懒懒地待在躺椅上，他们在早晨的网球游戏后已经累得筋疲力尽了。

　　琪琪坐在杰克的椅子后面，也打着呼噜。她一早上都在追逐海鸥，模仿它们的声音，这让海鸥们困惑不已。现在琪琪也累坏了。而米基则蜷缩在救生船的阴影中，很快睡着了。

　　一个听差的小男孩出现在甲板上，他专门给乘客们捎口信，拿些零散的物品。他端着托盘走过来，上面有一封很长的信件。

　　他走过来时大声喊道："请曼纳林夫人来取一下无线电报。给曼纳林夫人的无线电报。"

　　菲利普用手推了推妈妈，并向听差男孩示意。男孩走到曼纳林夫人身旁，递上无线电报。

曼纳林夫人撕开信封，想知道是谁寄来的。她大声地念给孩子们听：

> 波莉姨妈得了很重的病，需要你回去。请以最快的速度飞回来，我会来替你照顾几个孩子。请给我回电报。
>
> 比尔

一时间，大家都沉默了。"我的天哪，"曼纳林夫人惊呼道，"我们在度假的时候，竟然会发生这种事情。我该怎么办？比尔说得没错，'飞回来'，但是从哪儿起飞呢？而且我怎么能抛下你们呢？"

"妈妈，别难过，"菲利普安慰道，"我会替你照看事情的。我跟二副很熟，他可以告诉我们该怎么做。"

"至于我们几个，你完全不用担心。"杰克也说道，"你很清楚我们会好好地待在船上。你肯定也不想我们跟着你一起飞回去！"

"当然不，肯定不要。特别是我已经付了那么昂贵的费用才让你们这次能够乘坐游轮度假。"曼纳林夫人说道，但看上去还是很担心，"哦，天哪。我真是讨厌这样突如其来的事情，真的很讨厌。"

"亲爱的妈妈，没关系。"黛娜也安慰道，"你可以在我们游轮停靠的下一个地方找一架飞机，如果那儿有飞机场的话。你明天就能到英格兰，而且比尔会来照顾我们。在飞机落地后，他大概会在机场跟你碰面，把你安全地送上火车，然后再坐飞机来和我们会合。他会跟我们一起坐游轮享受剩下的假期的，也许之后您还可以再飞回来。"

"哦！不，我不应该……如果不是波莉姨妈现在情况这么危急。"曼纳林夫人说，"她对我很好，对你们也是，我必须回去待在她身边，直到她好转为止。哦，我讨厌就这么把你们独自留下。"

艾普女士没办法不听到这些话，她对曼纳林夫人说："在你的朋友到这儿之前，我可以替你留意这四个小家伙。毕竟，我也需要照看卢西恩，他跟他们几个年龄相仿。我很高兴我能帮上点忙。"

"那真是太好了。"曼纳林夫人说着，在菲利普的帮助下从她的帆布躺椅上站起来，"我猜自己这样担心他们真是有点傻，毕竟现在他们都这么大了。但有时候他们确实会惹上一些大麻烦。"

说完，她就跟菲利普一起离开了，这会儿菲利普真是帮上了很大的忙。他找到了船上的二副，很快就把事情的来龙去脉告诉了他。游轮会稍微偏离现在的航线，停靠到另一座有飞机场的岛屿。一条无线广播信息很快就发送出去，让一架飞机待命。这样，曼纳林夫人很快就能回到英国。

"我们可以在那个小岛上等一段时间，直到您的朋友乘飞机抵达。"二副在跟船长交涉后告诉曼纳林夫人和菲利普，"这意味着只需要略微调整我们的原定航线。如您所知，这不会太难。现在，您想用无线电广播和坎宁安先生联系一下，让他知道大概几点在机场接您吗？"

很快，一切事情都被安排妥当了，真是太棒了。"我竟然傻到变得那么沮丧和慌张。"曼纳林夫人跟几个孩子说，"这一切都要感谢菲利普，事情都被安排好了。我明天就会离开，比尔晚上就会到这儿来。真是太好了！"

两个女孩帮助曼纳林夫人收拾行李。维京之星冒着蒸汽抵达了一座很大的岛屿，那儿有一座飞机场。游轮靠岸时，孩子们能看到飞机不停起飞，因为这儿的飞机场是沿海而建的。

一艘汽艇开过来带走了曼纳林夫人，她跟孩子们一一吻别。"现在开始，别惹什么麻烦。"她请求道，"好好待着，远离危险和麻烦。代我向比尔问好，也告诉他，要是敢带你们去进行什么冒险，我是绝对不会原谅他的！"

孩子们也跟曼纳林夫人挥手告别，汽艇突突突地就向港口驶去。孩子们透过望远镜看到曼纳林夫人到了码头，有个服务员替她拎行李。

"她现在上了一辆出租车，"杰克告诉大家，"现在坐车出发去机场了。她很快就会搭乘飞机离开的！"

半小时后，一架飞机从沿海的机场起飞，爬升到了空中。它朝着游轮飞来，在上方盘旋了两圈，然后朝西飞去了。

"是妈妈乘坐的飞机，"菲利普说，"我觉得自己仿佛看到她招手了。行了，希望她旅途顺利！现在我们必须留意老伙计比

125

尔了。"

突然，孩子们陷入了一阵古怪的安静中。他们其实都在想同一件事，但是没人说出来。杰克首先清了清喉咙。

"呃，你们知道的，现在事情已经发生了，呃……"他停了下来。

每个人都礼貌地等待他再次开口。"继续说。"黛娜说。

"呃，我是在想，"杰克继续说，"就是想现在，因为比尔要过来，呃……"

他再次停下了。黛娜咯咯笑了几声。"我来替你说吧，"她说，"这就是我们一直在想的，我知道。亲爱的比尔要来了，我们可以告诉他地图和安德拉宝藏的事情，还有艾普先生。也许，我是说也许，他会做些什么！"

"天哪，没错，"杰克说，"我不知道该怎么措辞，显得不那么无情，毕竟艾莉阿姨才刚离开。但是没错，现在情况不一样了，比尔可能会觉得，我们该做点什么。"

"这——简直——棒呆了！"菲利普深吸了一口气，"就在我们放弃希望之后！"

"我们绝不可能把妈妈拖进一场冒险，"黛娜说，"但是比尔不一样。我是说，他当然也不希望我们被卷进来，但是他很知道自己应该为此做点什么。"

"而且这样一来，我们至少能知道地图上到底说的是什么。"杰克说，"给比尔看看这条雕刻精美的小船，还有地图，告诉他所有的一切，是不是很棒！太好了，我们的老伙计比尔要来了！"

卢西恩一脸严肃地走到四个孩子的身边："我说！我对此非常抱歉。我真心希望你们的妈妈安全到达，菲利普，还有她的阿姨能够快点好起来。我希望这件事不会破坏你们之后的假期。我真的非常难过。"

"谢谢，"菲利普说，"我们会熬过去的。"

"嘿，我说，我差点忘了把这个交给你们。"卢西恩接着说，"我真的很抱歉。我叔叔离开前把这个给了我，还说让我转交给你们。我不知道这是什么东西。"

杰克接过去，猜了一下会是什么东西。他猜对了，正是那份被艾普先生"借"走的计划图的一部分。艾普先生把它放在一个密封的信封里面，还有一张小纸条：

　　谢谢。但不是很有意思。

　　　　　　　　　　　　　　保罗·艾普

杰克笑了起来："'不是很有意思'，他竟然这么说！我猜他早就仔仔细细地检查过了。愿它能给他带来好处！"

杰克拿着信封把它藏到一个隐蔽的地方——短裤的内衬里。他很高兴，至少艾普先生没能看到全部的地图。但也许他根本不需要。如果他知道是哪座岛屿的话，他可能已经猜到宝藏被藏在哪里了。如果是这样的话，宝藏很快会被他据为己有！

这一天过得尤其慢。艾普女士十分头疼，毕竟，她郑重地向曼纳林夫人承诺会照看好这四个孩子。她在吃饭时间到处找他们，甚至告诉餐桌服务员把他们几个安排到自己座位旁。

但是杰克却不想这样。"不用了，艾普女士，"他坚决又有礼貌地说，"我猜，我们的朋友比尔·坎宁安今晚就会到的，最迟明早肯定到。我们会跟他一起在一桌用餐。不过仍然很感谢你。"

卢西恩很失望，甚至有点闷闷不乐。当琪琪和米基为了一根香蕉打起来，最后把香蕉扯成两半的时候，他甚至都没笑。

晚饭后，孩子们上了甲板，非常希望比尔今晚就能到。二副那儿没有任何消息，所以他只是可能会到。

"他如果明天才来，肯定会用无线电报告诉我，"二副说，"他知道我们在这儿停船等待他。如果我是你们，这会儿该上床睡觉了。比尔可能半夜才能到！"

孩子们才不听什么上床睡觉的劝告呢！他们坐在甲板上，看着太阳在金色的余晖中慢慢落下，云朵变成玫瑰粉色。夜色从海的东边蔓延过来，海水的颜色变得越来越紫，直到他们没法将海水和天空区分开来。接着，闪亮的星星出现了，海水也显得波光粼粼。

露西安在她的帆布躺椅上几乎快睡着了，杰克推了推她，"醒醒！有一架飞机来了。这可能是比尔！"她立马清醒了，和其他人一起去甲板围栏那儿。

飞机降落在飞机场的地面上。这一定是比尔！大概半小时后，他们听到一艘汽艇发动引擎的声音从码头传来。

"是比尔！他往这边来了！"露西安激动地大喊，"亲爱的老朋友比尔！"

汽艇越来越近了，最后停在了游轮旁边，梯子被放了下去。有人爬了上来。露西安没法再控制自己了。

"比尔！"她大叫，"是你吗？比尔？比尔？"

下面传上来一个熟悉的声音："啊嘿，这儿呢！比尔在此！"

就是比尔！他爬到了甲板上，四个孩子立马跑向他。他们紧紧地抱着比尔，让他几乎要窒息了。比尔则给了每个孩子一个熊抱。

"亲爱的比尔！我们的好朋友比尔！见到你简直太好了。现在一切都好了。"

"是的，一切都好了！"比尔说着，在露西安身边晃了晃身子，"天哪，见到你们所有的人真是太好了！现在开始让我们玩得开心吧！"

第15章
比尔听了传说

　　比尔又饿又渴。孩子们则是又激动又高兴。他们带他去了休息室，比尔点了鸡肉火腿三明治和一杯饮料，也给孩子们点了一些三明治。

　　"但是我告诉你们，你们今晚会做噩梦的，因为这么晚才吃东西。"他警告他们，"所以如果你们晚上被狗熊追赶，从飞机上掉下来，或者梦里遭遇了海难，可别怪我啊，是你们自己要吃的！"

　　"我们不怪你，"露西安说，"我现在知道你在这儿，都不会介意做噩梦了，你一定会出现然后救我的！"

　　服务员笑着端来了食物，他还给琪琪和米基各拿了一根香蕉，分别放在两个盘子上。琪琪对两个盘子印象深刻：她不是常能有自己的盘子！所以坚持每吃一口香蕉，就把它再放到自己的盘子上，这让孩子们笑疯了。

　　"我看，琪琪现在很有礼貌啊，"比尔说完，咬了一大口他的三明治，"天哪，这食物真不错。我已经好几个小时没吃东西了。好了，孩子们，一切顺利吗？"

"比尔，我们有很多事情要告诉你，"杰克说，"非常有趣的事情。我们遇到了一些激动人心的事情。"

"你们当然会啦。"比尔说，"但这次别想把我再牵连进任何鲁莽的恶作剧里了！我已经受够了你们和你们的冒险！我这次出来是为了享受一次美好的、安静的、轻松的旅行。"

琪琪大叫起来，吓了比尔一跳。

"米基！你拿了琪琪的香蕉！"杰克训斥道，"菲利普，打它。如果你不教训米基，很快，他们俩又要打起来了。好了好了，琪琪，我再去给你拿一根香蕉。可怜的家伙，这都是你那可笑的礼貌行为造成的：每吃完一口就礼貌地把香蕉放回盘子里，然后就被米基找到机会拿走了！"

"有趣的小猴子。"比尔边说边挠着米基的下巴，"我猜，菲利普，是你的吧。你到哪儿都能收养宠物的本事真是很让我佩服。让我想想：你有过一只小狐狸、一条蜥蜴、一条盲缺肢蜥、一只雪白的小山羊、两只海鹦、小白鼠，现在又来一只猴子。行吧行吧，只要你不弄来一头河马或是一群狮子，我就不会介意！"

孩子们迫不及待地想把那个宝藏计划告诉杰克，但又觉得他们得先让他吃完三明治。比尔告诉他们自己是如何在英格兰的机场见到曼纳林夫人，安全送她出发去她阿姨那儿之后，才搭乘私人飞机赶来。

"就你一个人吗?"杰克问。

"不是，跟我的一个朋友一起：蒂姆·柯林，你们应该没有见过他。"比尔说，"露西安，你不想要自己的三明治吗？行呢，那我就不客气啦。是的，蒂姆也来了。我把飞机留给了他，他准备去租一艘汽艇，在海上游荡。"

"真希望我们也可以。"黛娜说。

"你们也想？"比尔惊喜地问，"我还以为你们喜欢待在这艘更大更舒服的船上。你们之前体验过划艇、帆船和汽艇，这次的游轮很不同啊。"

"是不同。但是，好吧，比尔，我们能把我们的事情告诉你吗？"杰克迫切地问道。

比尔吃掉了剩下的最后一点三明治，喝完了饮料。他打了一个大大的哈欠，琪琪立马做了个一模一样的。"我猜你们是等不到明天早上了，对不对？"他问道。看着孩子们失望的脸，他笑了起来："行啦，说吧。"

"露西安，把那艘雕刻精美的小船拿过来，"杰克说，"我已经拿好那四小块地图了。快点，我们等你回来再开始。"

露西安迅速离开。很快，她就气喘吁吁地赶了回来，手上拿着那艘小船。比尔接过来说："真是漂亮！你们知道吗，这东西很有价值。你们从哪儿得到的？"

接着，孩子们就滔滔不绝地说了起来——露西安是怎么和卢西恩一起发现这个被装在玻璃瓶里的小船，又是如何买下作为生日礼物送给了菲利普。为了防止其他人听见，他们的声音很低，但却透出了压抑不住的兴奋。孩子们说了瓶子被打破后，他们在船身里面意外地发现了那张羊皮纸。杰克拿出了羊皮纸，还是四小块的样子。比尔饶有兴趣地打量着，然后，他站了起来。

"来，到我的船舱里去，"他说，"我觉得在那儿谈论这事要更明智。这一切都太不同寻常了。"

孩子们很满意比尔愿意听他们的故事，大家排队下楼到了比尔的船舱。他们全部挤了进来。孩子们很熟悉这地方，因为曼纳林夫人原来就住在这里。他们努力紧挨着彼此在床上坐下，将比尔簇拥在中间。

"让米基上去一点，可以吗？"比尔问道，"他总是冲着我的脖子呼气。好了，那是什么地图？我能看出它很古老。为什么它被分成了四份？"

孩子们告诉了他其中的缘由，又说起了那个关于安德拉宝藏的古老传说。他们告诉比尔艾普先生的奇怪行径，他的离开以及他们现在所担心的事情。

比尔专心地听着，时不时问几个简短的问题。孩子们全部说完后，比尔掏出了他的烟斗，装上烟草。孩子们耐心等着，他们知道比尔在认真思考，心此时跳得很快。比尔会怎么看待他们这个故事？他会认真对待吗？他会采取什么行动呢？

"嗯。"比尔说着把烟斗塞进嘴里，边说话，边从口袋里掏火柴，"嗯，我认为你们确实找到了一些重要的东西，但是我更关注艾普先生的行为，而不是你们的地图，因为我不知道如何去破解它。你们试图借助别人来破解地图已经非常聪明了，还把无数有趣的事实很好地联系在一起，比如小船上有'安德拉'

这个名字，同时注意到这个名字也出现在了地图上。"

"没错，这也有运气的成分。"杰克说，"比尔，你也认为这张地图是真的吧？我的意思是，这地图是不是真可能标明了那些古老的宝藏被藏在哪儿了？"

"我没法说，"比尔说着吹了一口烟斗，"没法很肯定地说。我需要把地图拿去给一个专家看，破解出它的正确意思，尽我所能找出关于这个古老传说的资料。这也可能只是一个童话传说，你们知道的，我们得看看是不是真的有一个岛屿叫泰弥斯，它长什么样。"

"这儿，"杰克得意扬扬地说，"我在现在的地图上找到这个岛了。"

比尔笑了起来。"我真不知道你们这群孩子为什么总能找到一些非同寻常的事物。"他说，"就在刚才我还觉得我们到这儿是为了一次悠闲宁静的旅行，结果我现在又该去找懂古老文件的专家，让他翻译古老的希腊文，有些估计都没法正确地读出来了吧。如果这张地图里真有什么，我估计咱们还真得去一趟这个叫泰弥斯的岛屿。"

"比尔！你真的会这么做吗？"杰克高兴地问道。菲利普激动得在床上上蹿下跳。黛娜紧紧地抓住露西安，眼睛闪闪发光。四个孩子都高兴极了，因为比尔并没有轻视他们的想法。

"我们现在最好上床睡觉，"比尔说，"已经太晚了。我们明天再继续讨论，但是别太激动了！我们大概除了把地图交给专家之外，没什么能做的，然后有可能去一趟泰弥斯岛再回来。

如果它足够近的话，就可以看上一眼。毕竟，你们知道的，我们在度假。"

孩子们不情愿地站起来。比尔陪他们回到自己的船舱。"我要去甲板上抽我的烟斗，"他说，"祝你们做个好梦！"

第二天一大早，杰克和菲利普突然醒了过来。他们坐在床上，亮光从舷窗外透进来。突然，一个奇怪的声音从他们底下传来。

"这是游轮发动机的声音。"杰克如释重负地说，"我还以为是什么声音呢。但是这些发动机现在发出的声音好奇怪！怎么了？"

"它们停下了。"菲利普听了一两分钟后说，"也不是，它们现在又在运转了，当啷当啷当啷。它们听上去不太对劲，不像往常似的发出咕噜咕噜的声音。我希望一切正常。"

"现在它们又停下来了。"杰克说，"如果有任何危险，我们应该能听到游轮的汽笛声持续鸣叫，乘务员会过来挨个儿敲我们的舱门。"

"没错，而且我们橱柜里还准备了救生衣，没什么可担心的。"菲利普说完，又昏昏欲睡了，"没事的，我们快睡吧。"

但到了早上，他们发现游轮的发动机还没有正常运行，游轮就这么静静地漂在蓝紫色的海面上，摇摇晃晃的，距离那个有飞机场的小岛一两英里。

"真是好笑！"杰克说。他马上穿戴好，和菲利普一起出去的时候敲了敲女孩们的船舱。他们上了甲板，找到他们的朋友：

二副。

"发生什么事了?"他们两个问他,"我们为什么停下来了?"

"马克管理的发动机遇上了点麻烦。"二副说,"我猜,马上会修好的。"

他们看到比尔也过来了,他醒了好一会儿了,正在甲板上来回走动,锻炼身体。两个男孩跑过去,比尔咧嘴笑着:"哈啰!准备吃早饭了吗?我可饿坏了。哈啰,米基,哈啰,琪琪。"

"米基、琪琪,米基、琪琪,米基、琪琪……"琪琪又开始了,杰克打了一下她的嘴巴。

"够了。锻炼一下吧,快去追那些海鸥!"但是琪琪并不想去。她现在已经厌倦海鸥了,而且她想吃早饭。船上的早餐很棒,总有葡萄类的水果,琪琪很喜欢。她特别爱吃葡萄柚上放的樱桃,孩子们就轮流喂她。

早饭结束后,孩子们带着比尔参观游轮。现在他们被禁止进入发动机室,因为发动机遇上了麻烦,马克现在脾气很差,他已经花了整晚在维修它们了。

游轮的通告板上今早出现了一则通知:

因为发动机故障,"维京之星"号将被拖回港口。乘客们在今晚六点前会得到下一步的通知。

"维京之星"号在奇怪的当啷声中艰难前进,慢慢地驶向有飞机场的岛屿。汽艇呼啸着开到它的旁边，检查游轮的状况。乘汽艇过来的人中有一个就是比尔的朋友蒂姆，他很快到了船上，比尔把他介绍给四个孩子。

"蒂姆，这就是那四个我一直跟你说起的孩子。小心点，他们会把你拖进奇怪的冒险里。他们就是这样的孩子。就算被丢到冰川的正中间，他们也能给你发现一个什么冒险！"

孩子们挺喜欢蒂姆。他比比尔年轻一点，有一头乱糟糟的蓬松鬈发，随风飘动，他的眼睛跟露西安一样是绿色的，脸上的雀斑跟露西安、杰克一样多，还有感染力很强的笑声。

"你最好下来跟我一起坐汽艇，你坐过吗？"他对比尔说，"回岛上去吧，那儿更有意思。"

"没错，"比尔说，"我们会有一整天的时间。来吧，你们四个一起从梯子上爬下去。"

第16章
比尔打听到一些事情

他们在岛上度过了愉快的一天。蒂姆租了一辆车,带着他们四处闲逛。他们在一个位于岛中央的大城镇里吃了午饭,镇上有商店、公交车和电影院。

午饭后,比尔就消失了。"我打听到一个老人是古代文书方面的专家,"他告诉孩子们,"他是这儿最厉害的专家之一。我们运气不错。我会去找他。杰克,你们身上带着那四小块地图吗?"

杰克点点头。孩子们觉得把它们留在游轮上不如随身带着来得安全。杰克把四块地图放在一个信封里,交给比尔。"真希望专家会判定这个地图是真的,"杰克一脸严肃,"我说,我们能跟蒂姆分享这个事情吗?"

"没问题,"比尔保证,"告诉蒂姆绝对没事!但他会不会相信你们的话,就不好说了!"

比尔走后,孩子们把他们的秘密告诉了蒂姆。他一开始努力不让自己咧嘴笑,但还是把这事当成一个童话传说,大笑起来。但看到孩子们一脸严肃的样子,蒂姆也尽量认真一点。

"这太神奇了。"他说，"我小时候也相信所有关于宝藏的传说。比尔可真是个友善的人，拿着你们的地图去找专家解释。"

孩子们意识到，蒂姆并没有把他们的"传说"当真，他们也就礼貌地不再提这个话题了，虽然每个人的脸上都写满了失落。露西安的脑子里闪现出一丝疑惑：这真的只是一个传说吗？不，如果地图里真的什么也没有，艾普先生不会表现得这么古怪的。

孩子们等得有点累，蒂姆建议他们搭乘他的车，去远处一个形状奇怪的山丘那儿转一圈。比尔离开了好长一段时间，等他回来时，正好看到他们准备出发。

"抱歉啊，我去了太久了。"比尔说，"我找到了那个老专家，他看上去简直像是来自十五世纪，老态龙钟，满身灰尘，动作慢到简直让我快叫起来了。但他的确对这些东西很在行。"

"他怎么说？"杰克脸上通红，满心期待地问道。

"货真价实，毋庸置疑。"比尔说，每个人听了都如释重负地长长地呼了一口气。"但他不确定，这是一个年代久远的地图的复制版，还是希腊水手在大约一百年前新制作的。他自己估计是二者的混合。那座岛就是泰弥斯，地图上显示得很清楚，就算没有名字，从岛屿的形状上也可以推断出来，因为有一端的地形非常奇特。"

"没错，我注意到了。"菲利普说，"比尔，继续说！"

"这个地图由两个不同的部分组成，"比尔继续说，"一部分显示的是岛屿，上面标记了一个城市或是港口，他没法确定，

139

因为他自己不太了解这个岛。另一部分显示的就是这个城市或是港口，而且显然是去往这城中某处的导引图，那儿应该就是藏匿贵重物品的地方。他说，至于这个有价值的东西是宝藏，还是一座庙宇或是一座坟墓，就不是很清楚了。他只知道这个物品对第一个画了这幅地图的人来说一定很有价值。"

孩子们全神贯注地听着。这简直太不可思议了！

"但是，他不觉得是安德拉宝藏吗？"杰克问。

"他明显对安德拉的传说不是很清楚。他说有成千上百的关于海盗、宝藏船、绑架等的传说，大多数都是假的。他对此没什么可说的。他认为这个地方更可能是一座神庙。"

"我觉得是安德拉宝藏。"露西安说，她的眼里闪着光，"我真的这么认为！"

"我请他用英文代替希腊文，帮我们重新画了这张地图。他英文也说得非常流利。"比尔说着，在腿上展开一张全新的图纸，上面画着各种细线，还标注着文字。孩子们专注地看起来，激动得说不出话来。

没错，这是重画了那张古老地图，把它翻译成英文，那些不太清晰的标记现在也很清楚。简直太棒了！连蒂姆都对此产生了兴趣，快要相信这个传说了。

杰克轻声地念着地图上的文字："迷津园、地下墓穴、两根手指、女神、鸟、钟……我的天，这些都是什么意思啊？迷宫和地下墓穴在这个城市或者港口里吗？难道宝藏在它们底下？"

"我们不知道。我们现在只知道地图上显示的路线是通往城里的某个地方，而在那里可以找到有价值的东西。如果它还没被找到、拖走，或是破坏掉。"比尔说，"但你们必须清楚，这张地图的最初版本大概有上百年了，所以这张地图显示的路线很可能已经不存在了，或者本来就不存在。"

"天哪，比尔，你真的相信这一切已经不存在了吗？"黛娜问道，语气中带了些许责备。

"老实说，我确实觉得是这样。"比尔失望地回答，"我觉得地图是真的，毋庸置疑。但是我也认为这一切距离现在实在是太久远了，几乎没什么希望再找到地图上标示的神秘地方。它要么已经被重新改建了，要么已经被毁掉了，或者完全被遗弃了，那就不可能找到通往迷津园或是地下墓穴的入口了。"

"但是艾普先生显然觉得有希望能找到。"菲利普提醒他。

"这倒是提醒我了，我见的那个老家伙知道艾普先生，说他对一些东西简直是如痴如醉，整个人都变得疯疯癫癫的，经常很轻率地就实施各种计划，"比尔说，"还像买卖书籍、地毯或是绘画似的买卖岛屿！老专家承认艾普先生很了解那些岛屿和在那里可以找到的古董，但他不认为艾普先生相信地图是真的就必然意味着那儿有什么激动人心的东西，也可能是恰恰相反。这就是我获得的全部信息。"

"天哪！"杰克惊叹，"所以很可能其实什么也没有，也可能真的有。"

"就像你说的，可能真的有。"比尔同意，"两种情况都可能发生。如果我们有机会，当然也可能没有，我不介意租一艘汽艇，去泰弥斯岛看看情况。"

"我真希望我们可以去，"露西安说，"能亲自看看就好了。"

"我可以带你们过去。"蒂姆出乎意料地说，"当然，如果不是很远的话。"

"没时间了。"比尔说着把地图折了起来，"你们知道的，我们在六点前必须赶回来。蒂姆，太谢谢你了。我觉得，我们最好现在就出发吧。"

他们到港口这边的时候已经是五点半了。"维京之星"号就停靠在码头旁，静静地等待着——游轮又白又漂亮，看上去没有一点平时准备起航前的喧闹。

舷梯被放下来了，乘客们沿着它往下走，卢西恩和他阿姨也在其中。孩子们一整天都没见到卢西恩了，除了像这样远远的，但他们并没有注意他。因为他们不想被他黏上——特别是现在有比尔在的时候。卢西恩向他们挥手，喊道：

"嘿，我说！你们几个一整天都上哪儿去了？我阿姨本来想邀请你们一起吃午饭的，还有我们在这个岛上的一些亲戚。"

"抱歉！我们有其他的安排了！"杰克朝他喊话，"回头见啊。"

"那个男孩是谁？"比尔问道，"哦，我猜是卢西恩，艾普先生的侄子。他对你们而言一定是个麻烦精吧！"

"我们知道要怎么对付他。"菲利普说，"快看布告栏，有一个重要通知被挂出来了。上面说了什么？"

这则通知用粉笔写在巨大的黑色布告栏上。

乘客们：

　　非常遗憾！"维京之星"号将不得不在港口多停留一到两天，直到发动机故障被修好。如果您愿意的话，可以待在船上，或者去住旅馆，费用由游轮公司支付，或者使用汽艇去探索爱琴海的浪漫，费用也由公司一并承担。

　　　　　　　　　　　　　　　　　　船长 L.帕特森

四个孩子一下子被同一个想法击中。他们看着彼此，眼睛激动得发光。

"我们可以，对吗？"露西安说道，其他人心领神会。杰克点点头，眼睛闪闪发亮，他把手伸向比尔。

比尔看了看四个孩子，露出一个大大的微笑，然后看着四张盯着自己的神情迫切，同时又带着问询意味的脸，放声大笑起来。

"所以，你们想知道——我们究竟能不能去泰弥斯岛？"比尔问道，"有什么不可以的呢。如果我们还要在这儿待上几天，游轮公司又会给我们提供汽艇，我们当然恭敬不如从命，出发去冒险呀！"

"比尔！比尔！棒极了！"每个孩子都激动地大喊。杰克和菲利普互相拍着对方的后背，两个女孩则是紧抓着比尔的手臂，直到他快叫出来。琪琪和米基赶紧离开男孩们的肩头，惊讶地退到布告栏上面。

"走吧，快停下你们可笑的行为。"比尔说，可自己还是看着孩子们的激动狂笑不止，"我们去甲板上制订一下计划，晚饭前换好干净的衣物。快把米基抓下来，它的尾巴都要把布告栏最上面的字抹光了。"

他们来到游步甲板上最爱的角落，坐了下来。"这事儿好得简直让人难以置信，"杰克高兴地说，"我们总是想着事情不好的一面，差点就打算放弃了，然后现在发生了什么，一切变得如此顺利。"

"是的。没有比尔，我们什么也做不了。他本来也不在这儿，突然就来了。"露西安说。

"但我们还是什么也做不了，因为不得不跟着游轮的路线。"黛娜补充道，"但现在它停下了，我们可以起航，开始自己的征程了！"

"你们这些孩子总能得到你们想要的，真是不同寻常啊。"比尔说道，"关于明天的汽艇，我提议还是自己花钱租一艘。因为如果我们搭乘公司提供的汽艇，可能就不得不跟其他乘客一起，他们估计不会想去泰弥斯岛。"

"我们也不想和他们一起去。"杰克说，"没错，我们就自己租一艘汽艇吧。蒂姆可以一起来吗？"

"他有其他计划了，"比尔说，"但我们可以告诉他一声，万一他也想一起去呢。这一定会很刺激。今晚我必须找到泰弥斯岛的确切位置。我会去问问二副，看看船上有没有水手能告诉我一些信息。我们需要知道确切的航线，不然我们会在这些岛屿之间兜兜转转好几个礼拜！”

"天哪，比尔，这是不是太完美了？"露西安说，"我简直等不及明天了。杰克，菲利普，我们真的要去宝藏岛了！我们就要去了！"

第17章
终于到了泰弥斯岛

比尔很快得到了所有他想要的信息。"成为大人最好的地方就是这个了。"黛娜羡慕地说,"大人总是看上去能够找到任何东西,并很快地理出头绪。"

"没错。比尔找出了泰弥斯岛的确切方位,查好了前往那里的地图和路线,甚至还得到了一个拥有汽艇又认识路的希腊水手的名字!"杰克崇拜地说。

"他是怎么知道这一切的?"露西安问道。

"他联系到甲板底下的一个水手,发现他有个兄弟是开汽艇的。"菲利普回答。

第二天早上,孩子们饱饱地吃了一顿早餐,一个非常照顾他们的服务员又提供了一大堆食物,让他们可以带在路上吃。

"我给米基先生和琪琪女士打包了一整个葡萄柚、两串樱桃和四根香蕉。"比尔眨了下眼睛对孩子们说。露西安咯咯笑起来。

"你这样称呼她们真是太好笑了!琪琪女士!琪琪,你听见了吗?琪琪女士!"

"琪琪女士，踢米基，踢米基。"琪琪喋喋不休地大声说道。

他们全部走下舷梯，来到码头，找到正等着他们的蒂姆，他已经听说了游轮的消息。

"嗨，这位先生，"他对比尔说，"我今天有什么可以为您效劳的吗？"

"我们准备去泰弥斯岛看看，"比尔说，"我已经从一个希腊人那儿租了一艘汽艇，他知道去的路线。你要跟我们一起去吗？"

"哦，先生，既然您自己已经有安排了，那我今天就不能跟您一块儿了。"蒂姆说，"我认识的一个当地人今天想要找个地方试飞。我能借用你的飞机吗？"

"当然没问题。"比尔说。

"如果你恰好飞过泰弥斯岛，记得跟我们挥手啊。"杰克说。

"这倒是提醒我了。"蒂姆咧嘴笑道，"我会查找一下方位，看看它在哪儿的。你们也记得留意一下我们啊！"

蒂姆说完就离开了，比尔则转身去找他们租的汽艇。一个希腊男人走了上来，带着善意的眼神与大大的微笑。他跟比尔打了个招呼，用不太好的英语说：

"先生，我是安德罗斯，请到这边来。我的兄弟，他说先生要我的汽艇。先生，船在这儿。"

"是的。谢谢你，安德罗斯。"比尔说。他看到旁边停靠着一条崭新的小船："这真是条漂亮的船。你知道怎么去泰弥斯岛吧？"

"泰弥斯岛，是的，先生。但是泰弥斯岛是一个很穷的地方。安德罗斯可以带你去其他岛。"

"不用了，谢谢。我们就想去泰弥斯岛。"比尔坚定地说。

听到他们想去泰弥斯岛，安德罗斯看上去有点惊讶。"很穷的小岛。"他又说了一遍，"先生，游客不去那里。我带你去更好的地方。"

"瞧，你到底知不知道去泰弥斯岛的路？"比尔问道，"听上去你不知道。哦，你知道。那就请带我们去泰弥斯岛吧，走，我们上船。"

"泰弥斯岛，先生。"安德罗斯同意了，"是的，是的，泰弥斯岛。很古老很古老的小岛，现在上面什么也没有，先生。"他饶有兴趣地盯着鹦鹉和猴子瞧："它们也一起去吗？"

"当然。"杰克边说边踏上小船，还帮女孩们也上来，"走吧，比尔，先生！"

"先生，先生，先生。"琪琪尖叫道，"去追黄鼠狼！砰！砰！天佑吾王。"

安德罗斯张大了嘴，看着琪琪，目瞪口呆。米基跳到他的肩上，又跳回菲利普那儿。安德罗斯激动坏了，他甚至拉了一下米基的尾巴，这可是个愚蠢的举动。因为琪琪现在会开始找机会去啄米基的尾巴，更别说是这么长的一条尾巴，真

漂亮的游轮安静地停靠在原地。汽艇发出响声，驶出了港口，把维京之星抛在身后，

是够她啄的了！

安德罗斯发动引擎。汽艇发出响声，驶出了港口，把维京之星抛在身后，漂亮的游轮安静地停靠在原地。很快，他们就到了开阔的水域，一直向前驶去，海浪如同不时会用后蹄站立的白马，推着汽艇在海面上下浮沉。阳光炽热，但海风也很强烈，吹得女孩们的头发直向后飘。她们感受着扑面的海风，高兴地笑着。热气散去之后，待在汽艇上就是一件很惬意的事情。

"泰弥斯岛有多远？"杰克问。安德罗斯转过他满头鬈发的脑袋。

"四小时，五小时。"他回答。

"你经常去那儿吗？"比尔问。

"不，不，先生。很穷的小岛。我去雅诺什岛，就在它旁边，我有个姐妹住在那里。"安德罗斯说，"泰弥斯，死亡之岛，先生。"

"他这话什么意思？"杰克很疑惑，"一个很穷的死亡之岛！这听上去不是一个好地方，是不是？"

"那儿肯定有什么港口城镇之类的。"菲利普说，"至少那个地图上标记出来，看上去还挺大。那儿肯定有很多人居住，这样就一定会有商店和物品。不可能是'死亡'的！"

前往泰弥斯岛的旅程真是愉快。海水起伏汹涌，泛着粼粼的波光，汽艇像是什么活物似的一路前行，引擎咕噜咕噜地叫个不停。大概到了中午十二点，大家在船上进行了一次野餐，孩子们非常感谢那个给他们打包食物的服务员。

"五种不同口味的三明治，四种不同口味的蛋糕，半磅威化饼干、小甜面包、黄油和西红柿。还有给琪琪和米基准备的葡萄柚、樱桃和香蕉。"杰克说。

露西安满足地坐在甲板上大快朵颐，任由海风吹在脸上，整个人看上去很高兴。其他三个孩子看着露西安，互相用手肘轻推着，等待着，他们心里很清楚露西安要说什么。她张开嘴，就在这时，其他人异口同声地说：

"你们知道吗，我总会觉得在室外，食物吃上去更美味！"

露西安惊讶地盯着他们看。"奇了怪了！我就是打算说这个。"她说。

其他三个咯咯笑起来。"我们知道你要说这个。"菲利普说，"你总是这么说，露西安。我们就等着你张嘴准备说的时候，替你说出来！"

"你们这些傻子。"露西安笑着说。安德罗斯也笑起来。他很喜欢这几个孩子和他们好玩的宠物。他谢绝了他们的食物，吃了自己准备的午饭：黑面包，一些味道很重的芝士，一壶喝的东西。

琪琪和米基一起认真地吃东西。风呼呼地吹着米基身上的毛发，把它刮得前仰后倒，这让它很不高兴。琪琪也是一样，她的羽毛被风吹得从里向外翻起来，像一顶雨伞似的。他俩一起坐在一个避风的地方，分享着葡萄柚、樱桃和香蕉。米基有礼貌地给琪琪剥了一根香蕉，递给她。

"它剥香蕉的方法跟我们一样。"露西安说，"我总觉得它跟我们一样聪明。"

"真聪明，"安德罗斯指着米基说，"好样的，聪明。"

不幸的是，米基很快打破了安德罗斯的赞美，它一不留神把香蕉皮扔出去，恰好落在水手的头上，垂下来遮住了他的右眼，真是太滑稽了。琪琪止不住地咯咯发笑，在她也准备把自己的香蕉皮扔向米基时，杰克及时夺走了她的香蕉皮。

"先生，先生，先生，鹦鹉，先生。"琪琪抱怨道，试图再把香蕉皮拿回来。

小船继续前行，时不时经过一些其他小岛，有一两个很大的，但大多数都很小。最后安德罗斯抬起手，指向东边。

"泰弥斯岛，"他说，"先生，先生，泰弥斯岛。"

每个人都热切地望向他指着的方向。远远地，他们望见一个有点发紫的小岛。在他们渐渐靠近时，小岛像是直接从水面升起来似的。泰弥斯岛！这真的是泰弥斯岛吗？宝藏地图上被标记出来的泰弥斯岛？

孩子们激动地向前探出身子，随着他们越来越靠近小岛，它的形状也越发清晰起来。露西安又开始发挥想象力了。她想：很久很久以前，这儿就是运送宝藏的船队在那个夜晚停靠的地方。我们很快就能看到地图上标记的那个城市了——宝藏城！

"也许，"她想，"其中一艘叫安德拉的船就跟我们找到的那艘'冒险船'一样。也许它当时航行的路线就是我们现在走的这条。我们离小岛越来越近了，我们很快就能看到那座地图上标记的城市了。"

"那儿有适合停靠的港口吗?"比尔转头问安德罗斯,但安德罗斯像是吃了一惊。

"没有,先生。现在没有港口。只有两个停靠的地方。我,安德罗斯,两个地点都知道。我带你们去老城的码头。"

"太好了,"杰克心想,"我们很快就能赶到地图上标记的老城。我真希望它不会太现代,像是我们在其他小岛上看到的城镇似的。啊,我们要靠岸了。"

他们的确快靠岸了,都能看到海边的岩石,被海浪拍打着。他们的目光搜寻着城镇,看到有一些建筑就挨着水边。这里没有港口真是很奇怪,港口城市通常都有港口。

小船谨慎地向岸边靠近,安德罗斯注意避开礁石,像是他事先知道了似的。他把船开入一条通往岛屿深处的河道。

在靠近岛屿的时候,孩子们都安静了下来,他们盯着眼前的城市,它看上去似乎不太对劲,出了点什么问题。露西安心想:它看上去真的像是"死了"。

杰克想起自己带了望远镜,把它举到眼前。他大声地向众人报告:"天哪!你们不会相信的!"

"什么?"每个人立马不耐烦地问。

"全是废墟。"杰克说,他放下望远镜,看着其他人,"完全是一座荒废的城市!我从没想到会是这样!"

"我,安德罗斯,告诉过你们。"水手说,"我说过这是一个很破的小岛,死亡之岛。也许有一两个农场。城市已经不存在了。这里的人都去其他岛上了。"

他们的船慢慢地进入一条狭窄的河道，又深又静。"你们下船，我等着？"安德罗斯询问道，"不用看很久。这个岛已经死了，到处都是废墟。是的，先生，我带你们去更好的地方。"

"我们要下船，安德罗斯。"比尔说，"杰克，把剩下的食物带上。既然我们已经到这儿了，还是得探索一下。我们就在这片废墟上野餐。我猜，这会挺有意思的吧。"

不知道该作何感想，不过孩子们还是听比尔的话，从汽艇跳到了岸上。他们爬上那些破破烂烂的古老台阶，进入了这座废墟之城的主街道。路面长满了植物，行走起来有点困难。目之所及都是废墟。比尔密切留意着每个孩子。

"这里看上去有几百年了。"他说，"我很好奇，是什么让这儿的人都离开了。我猜是因为这座小岛不能提供食物给人们。真是个奇怪的地方！"

"这座城市充满了一种奇怪的被废弃的感觉，让我感觉自己像是活在几百年前。"露西安说，"我真希望这座城市能复活，到处都是几百年前的人。他们沿着这条街走啊跑啊，看到那些古老的窗户打开，不管走去哪个港口都停满了船只！"

"我可不希望这座城市复活，"黛娜说，"我会被吓呆的。我不太喜欢它复活的样子。"

这座城市被建在一座陡峭的山丘上，废弃的建筑随着地势，一座高过一座，有些只剩下一两堵墙，其他则完全成了空壳，看上去完全不能住人了。孩子们往建筑里面瞧着，发现屋顶和墙上也全是洞。

山丘的最上面是一座废弃的古老神庙，保存了一两座造型优美的拱门。巨大的柱子排成一排，锯齿状的顶部栖息着两只海鸥。比尔拔掉了神庙地上长出来的一些草，指着那些可爱的马赛克石头给孩子看。

"比尔，这里到底有没有什么是地图上画了的？"杰克问。眼前的这一切跟他的想象差别太大了，以至于让杰克觉得关于宝藏的想法简直荒唐极了。比尔拿出重新绘制的地图。

"瞧，这里肯定是我们坐船进来的入口，"菲利普指着说，"地图上写着'小海湾'。你们不觉得我们进来的那个河道就是像小海湾一样吗？再看这里，通往宝藏的入口或者起始的地方就是在那个小海湾附近。"

"哦，比尔，我们回到进来的入口，再沿路探索吧！"黛娜提议。

比尔笑着说："我们想探索宝藏的念头已经像帽子里进了一只蜜蜂似的挥之不去了吧！好吧，咱们出发，但需要走回汽艇停靠的地方。"

"我们可以先爬到山丘顶上，"杰克说，"这样我们就能看清楚剩下的整座岛屿的样子。它看上去不是很大。"

"可以。"比尔同意，于是大家一起爬上山顶。他们能够看到小岛的另一端，看到深蓝色的海水翻腾着白色浪花。小岛的那一端是一个光秃秃的只有岩石的地方，偶尔能看到一些绿色，还有一些小型的建筑。

"我猜，这就是安德罗斯提到的农场。"比尔说，"他说的可真没错，这里确实是一个破旧的死亡之岛。完全不是我想象中的宝藏岛！"

他们开始往山下走。因为这座废弃的城市被建在这座小山丘上，所以他们需要小心地往下走。走到一半的时候，露西安停了下来，侧耳倾听。"我听到了什么声音。"她说。

"我也是。"黛娜说，"是一个铃铛在响，还是别的什么？"

第18章
一些惊喜

在这么一个死气沉沉的城市里听到铃铛响真是不寻常，这让跟着他们的两个宠物吓了一跳。

"当——当——当。"琪琪不喜欢这个声音，她紧挨着杰克的脸颊蜷缩着。米基轻声地吱吱叫着。

"当——当——当！"

"声音好像正从那个角落里传来。"杰克突然说。事实确实如此。

原来是一头驴，一头脖子上挂着一个大铃铛的灰色的驴！和它一起过来的是一个小男孩，看上去很顽皮的样子。他两腿分开坐在驴背上，驴背两侧各驮着一个篮子，盖着白布，里面似乎装满了东西。

"天哪！"黛娜感叹，看到把他们全部吓了一跳的东西原来只是小毛驴的铃铛，她在一块大石头上坐了下来，长长地松了口气："我刚才还以为是什么吓人的东西过来了！"

"我觉得这个小男孩应该是从其中的一个农场过来的。"比尔看上去很困惑，"但是他为什么到这儿来呢？这里都没人住。"

他从驴背上跳下来，指着大篮子大声对他们说着什么，但这些话他们从来没听过，孩子们猜测应该是带有泰弥斯岛口音的希腊语吧。

接下来更叫人吃惊的事情发生了。小男孩看到这五个盯着自己看的人，咧嘴笑了，表示欢迎。他从驴背上跳下来，指着大篮子大声对他们说着什么，但这些话他们从来没听过，孩子们猜测应该是带有泰弥斯岛口音的希腊语吧。接着他又把驴子拉到他们跟前，把盖着篮子的白布拿掉。

"是食物。"比尔吃惊地说，"面包、芝士、肉。天哪，他把这些东西都拿出来了。"

小男孩一边不停地说着话，一边把篮子里的所有东西拿了出来。他显然很不解为什么没人帮他一起拿这些东西，所以语气尖刻地对杰克和菲利普说了什么。当然，他们完全不明白他的意思。

"嘿，小家伙。"比尔说，"你这是干什么？"

小男孩指了指拿出来的食物，再指着比尔做了一番解释，又指了指食物。

"任何人都会认为，他给我们带来了这一切。"比尔有点恼火地说，"我真是完全没法理解现在的情况。"

小男孩又骑上了小毛驴。他向着比尔伸出手，掌心朝上。这下事情很清楚了，他跟他们要钱！

"这可真是莫名其妙。"比尔吃惊地说，"难不成是泰弥斯岛对我们的热烈欢迎？真是意料不到。小家伙，我们不要食物。我们不需要，拿回去！"

安德拉的宝藏

再怎么大喊大叫也不能让这个小男孩明白，他反而变得很生气，暴躁地拍着掌心，让比尔给他钱。最后比尔只能拿出一些硬币放到小男孩手里。小男孩仔细数了数，点点头，开心地笑起来，接着猛地打了一下米基，米基也很快还了手，琪琪像狗似的大叫起来。

小毛驴离琪琪远远的，往后退了退，开始"伊尔！伊尔"地叫起来。

琪琪被这声音吓了一跳，但很快平静下来，也学了声驴叫。小男孩惊讶地叫了一声，用他的脚后跟狠狠踢了一下驴，转过一个拐角，飞也似的逃走了。驴儿脖子上的铃铛清晰地响着："当、当、当、当、当！"

比尔坐下来，苦恼地抓抓脑袋。"你们怎么看这些食物？"他问孩子们，"难不成是什么我们不认识的人给我们送来这些镇上的食物作为礼物？但不可能有人知道我们到岛上了。"

"真是奇怪。"杰克说，"但我倒不介意吃个面包卷。"

他们每个人都吃了一个面包卷，真的很美味。大家坐在石头上，用力咀嚼着食物，还在想那个小男孩。他们完全不清楚为什么他会出现。

"我们拿这些食物怎么办？"菲利普问，"要是暴晒在阳光底下，食物不能存放很久。要是把它们放在这儿任由它们腐烂就太浪费了。"

"那样确实不妥当，"比尔同意，"我们唯一能做的，就是把这些食物拿到一个阴凉的地方放起来，希望那个小男孩还会回来!"

他们把食物拿起来，走向附近的一个建筑。这个建筑的地上有个洞，只剩下一半的墙壁在地面投下阴影。于是，他们把所有的食物储藏到这个洞里，也不知道之后又会发生些什么。

"我们现在最好去小海湾那儿，看看能不能找到入口，就是地图上标记的那个部分。"比尔说。他从口袋里掏出地图看起来，孩子们也凑了过来。"我们找不到它的，别想了!"比尔心里默默认为。在这么一个破败的死亡之岛，他们是不可能发现任何东西的。

他们沿着杂草丛生、满是石头的街道，回到有岩石的小海湾那儿。汽艇停在那里，随着海浪轻轻起伏着。安德罗斯在小船阴影的那面睡得正香。

他们五个人沿着岩石突出的一侧下到小船这儿，抬眼望着小海湾。比尔发出惊叹："没错! 那个就是!"

"什么，比尔?"孩子们立刻问道。

"就是地图上没来由地标记的'两根手指'。那个专家笃定这是古希腊文里的旧有表达，我当时觉得可能是对什么人的原有称呼，但我现在知道是什么意思了，快看那儿。"

孩子们看向比尔指的方向。在他们头顶上方的左边，有一块很奇怪的岩石。它看上去像是一个握紧的拳头里伸出来的两根手指! 没错，两根手指。这就是了，地图上标记的"两根手指"!

"去看看，它应该是某种指引。"比尔说着就带孩子们爬上岩石，来到形状如同两根手指的奇怪岩石跟前。他们在它后面找到了一个洞，人经过这里要是一不留神很可能掉进去。比尔拿出一个手电筒，拧开开关。

"那儿会不会有什么走廊似的通道？"他说，"没错，那儿就有！简直太棒了！杰克，我觉得你最好回到汽艇那儿去拿一两盏提灯来，如果你能找到的话。我的手电筒维持不了太久。"

杰克很快回到了汽艇那儿，安德罗斯还在睡觉。杰克看到了两盏提灯，小心地拿着它们往两根手指状的岩石走去，菲利普正好也来找他，于是杰克在路上就递给了菲利普。

"太好了，"比尔说，"我们来点亮它们。我拿一盏，杰克，你来拿另一盏。这样我可以把手电筒收起来。"

他们在洞里点亮了煤油灯，不过并不足以照亮整个洞穴。其实这地方就只是奇怪岩石背后的一个大洞而已，但当他们走到后面时，那儿看上去像是通往山丘的一个入口。这里会是地图上标记的那个入口吗？

"比尔，你觉得这是吗？"当煤油灯被点亮时，露西安热切地问道。比尔举起一盏提灯，朝洞穴后面那个狭窄的通道看过去。

"不，我不信这里就是。"比尔说，"好多年前，这个城市还有很多人居住的时候，这儿的每个人肯定都已经知道这条通道了。我觉得，这只是碰巧罢了。"

四个孩子显然不觉得这是碰巧的事，当他们沿着这条黑黢黢的通道往里走的时候，感到万分激动。他们这样走了好几码后来到一个开阔的地方。比尔举起他的提灯，让它照在岩石壁上——后面是什么？那堵墙看上去有点不同。

比尔把提灯又凑近了一些，光束照在一块像是不规则的门似的大石头上。"我在想，为什么这扇门被建在这里。"比尔有些惊讶。他转着提灯，照亮洞穴剩下的部分。其他墙面都是闪着光泽的光滑的岩石，连一个最小的开口都没有。唯一的开口就是他们刚才走进来的那条狭窄的通道。

比尔再次把提灯转向那个被建在里面的石头，然后他放下提灯。

比尔打量了一下，最后说："这样建的目的是挡住其他开口。"孩子们的心沉了一下。比尔又说："这块岩石非常坚固，你们自己也能看到。这样一扇用如此巨大的石块建成的门，几乎是不可能打开的，来人也将无法从这里通过。"

"比尔，你觉得是它挡住了地图上标记的入口位置？"杰克沮丧地问道。

"是的，我确实这么觉得。"比尔说，"这扇门是很多很多年前建造的，如你们所见，非常古老。天知道为什么要造它！无论如何，现实就是这样。我们被挡在了这一切的开端外面！如果这就是地图上标记的入口，想要找到被藏起来的宝藏必须通过入口的话，那是不可能了，完全不可能！"

"天哪，比尔！"露西安几乎要哭出来了，"这简直太糟糕了。就没有其他可以过去的办法吗？"

"要不让米基过去瞧瞧？"比尔说，"如果那儿真有一个哪怕很小的洞，米基也会发现的，你们知道猴子的习性。菲利普，让米基去看看。"

"米基，去吧，去找找看。"菲利普说。米基怀疑地看看他，不是很喜欢这个探索黑暗通道的任务，但它还是跳下菲利普的肩膀，顺从地开始独自往前探路。琪琪看着米基过去，便飞到巨大石门顶部的岩架上。

"送去看医生，"琪琪用一种空洞的声音说，"鹦鹉感冒了。送去看医生。"

米基在埋头探索，没空理她。它快速地跑来跑去，用爪子碰碰这儿的缝隙，又碰碰那儿的缝隙。但显然它什么也没发现，很快就回来了，跳回菲利普的肩头，依偎着他的脖子。

"看来行不通。"比尔说。他把提灯放到地上，准备把地图收起来。就在他卷地图的时候，露西安突然大叫一声。

"怎么了？"杰克吃惊地问道。

"快看，那边地上是什么东西？是——是……是手电筒的电池！"

菲利普看到了露西安说的东西，过去把它捡了起来。他用提灯的光照亮了它："是的，确实是电池，一节废弃的旧电池，不像是比尔手电筒里的。比尔，你有丢掉一节电池吗？"

"当然没有。"比尔回答，"没错，这确实是一节很旧的电池，肯定是什么人扔了这节旧电池，在这儿换上了新的。不管他是谁，我们显然不是唯一知道这个地方的人！"

露西安瑟瑟发抖。她现在很后悔自己刚才注意到了这节电池，这让她感到很不安。到底是谁来过这个四面都围起来的洞穴？为什么要来呢？

"我们走吧，比尔。"露西安说，"我们在这儿什么也做不了，洞穴四面都没有出口。我们回去找安德罗斯吧，我不喜欢这里。"

"没错，我们回去吧。"比尔也说，"无论如何，我们现在也该走了。我们已经在这里待了很久了，我们今晚必须回到游轮上。来，一起走吧。"

他们走出洞穴，沿着岩石山丘里的通道下去，来到那个小洞。他们绕着爬过两根手指状的岩石，回到小海湾那里。

然而，他们全都大吃了一惊——汽艇不见了！他们紧紧盯着，不敢相信眼前的一切是真的。

"船去哪里了？"黛娜虚弱地问道。

他们在小海湾附近找了一遍，没有发现一点汽艇的迹象。太诡异了！突然，杰克指着海，大叫起来。

"是不是在那里？快看，就在那儿？"

他们都眯起眼睛望去，比尔冷冷地点点头："是的，看上去就是我们的船。到底是什么让安德罗斯抛下我们走了？真是太让人震惊了！"

"我回去拿提灯的时候他还睡得正香呢。"杰克说，"他一点没被吵醒，一切看上去都很正常。"

"真希望我能明白他为什么这么做。"比尔困惑地说，"他看上去是个值得信赖的家伙，这世上到底有什么事让他这么做？"

165

"那艘小船开得很快。"菲利普说,"现在几乎已经看不到了。这下好了,我们被困在我们的宝藏岛上了,确定无疑了!"

露西安彻底慌了神,她抓住比尔的手臂,"我们接下去怎么办?"她问,"比尔,我们得待在这里吗?"

"露西安,这是当然的啦。"杰克抢在比尔前回答道,"我们不待在这里,还能去哪儿?你难不成有一架藏在哪里的飞机,随时准备应对紧急情况?"

"杰克,快别说了。"比尔用手臂环住露西安,"我们会好的,别担心。这只是我们的冒险啊!"

第19章
各种各样的震惊

他们在原地站了一会儿，一时间不知道该怎么办。这一切太始料未及了。比尔晃了晃身体，对四个孩子咧嘴笑了起来。

"看起来我们今晚得在这里过夜了，对吧？晚餐需要我们自己想办法了。谢天谢地，之前那个奇奇怪怪的小男孩骑着毛驴给我们送来了食物！杰克也带着我们野餐剩下的食物。"

"哦，没错，我差点忘了！"黛娜高兴地说。她刚才还以为他们什么食物都没得吃了。

"我们现在马上到城里去。"比尔说，"我们肯定能找到睡觉的地方的，它会很暖和，也很安全。我不是特别想去找那些我们看到的农场，假使安德罗斯脑袋里记得这件事，回头给农场打电话找我们……不，不会的，他一定已经疯了。"

他们在泰弥斯岛度过了一个古怪的夜晚。他们去之前储藏食物的地方，饱餐了一顿，又把剩下的食物安全地放回先前凉快的地方。接着，比尔和四个孩子继续在这个静悄悄的到处都是废墟的城市里闲逛。露西安找到一个罐颈破损的罐子，她很满意。杰克找到一些金属的叉子，至少他觉得这东西是叉子，但缺了两个刺。

比尔到处寻找可以睡觉的地方，但一无所获。最后他选择了一个离那座废弃的神庙不太远的屋子，它剩下三面墙和左边的一小块屋顶。虽然屋里长满了植被，但正好可以用来当卧室。

太阳一直在往下落，很快就会消失。比尔决定拿些食物放在他们的"卧室"里，这样一旦他们想吃时顺手就能拿到。比尔和两个男孩把食物从原先存放的地方拿出来，放在一些又厚又冷的玻璃上。他们很满意竟然还有这么多！

太阳下山后，每个人都感到很疲惫。露西安打着哈欠，垂着脑袋，琪琪也是。米基把这座废弃的房子彻底地搜查了一遍，表达了自己对这里的认可。在菲利普用厚厚的杂草铺好"软床"后，米基就和菲利普一起休息了。

四个孩子很快睡着了。琪琪在杰克睡熟后，也安静地站在他的腰边。杰克推了琪琪两三次，但这次他没醒，琪琪继续待在杰克身上休息，脑袋埋在了羽毛下面。

比尔躺在地上，透过屋顶的洞望着天上的星星。他对自己把孩子们带到泰弥斯岛上的行为感到很自责。现在所有的人又都陷入困境中了，都怪那个传说和那份叫人捉摸不透的宝藏，它可能几百年前就已经不存在了，或者从来就没有存在过！

他对那个骑着毛驴，带来食物的小男孩感到疑惑；他对四面出口都被堵住的洞，还有露西安发现的电池感到疑惑。但最让他不能理解的，还是安德罗斯的突然消失。

比尔正打算睡的时候，听到了一个响声。米基肯定也听到了，因为它激动起来，小脑袋环顾了一下"卧室"四周。比尔躺着，屏住呼吸仔细倾听。他听到声音了吗？

很快，他确信自己听到了什么声音！然后是另一个深沉的、带点抱怨的声音。这些声音是从哪儿来的？

他坐了起来，又仔细听了听。更多的声音传来了，还有脚步声：从这座废弃的城市的街道上传来的脚步声！比尔一点也不喜欢。大半夜到底是谁在这个古老又死气沉沉的城市里走路？

琪琪也听到了这些声响。她飞出卧室，把自己藏在拱门的下面，四处望着。脚步声更近了，交谈声也是。比尔悄悄地贴在窗户旁边，观望着情况。外面只能看到些许星光，但他可能也能够看出些别的什么。

两个黑影从街上走过来了。他们时不时地停下来。在比尔看来，他们好像在这些废弃的建筑里找寻什么东西。他们会不会搜查这一间，发现这些孩子呢？比尔犹豫不决：该不该现在出去跟这两个人搭讪。但他们到底是谁？

最后，他认为像这种半夜走在废弃城市街上的人，多半不会是可以寻求帮助的人，所以比尔决定静静待在原地。

两个黑影走到了附近。比尔再次听到了他们的声音，但是他们说的是一种外语，大概是希腊语，他一个字也没听懂。比尔心想，他们肯定是在找什么东西。突然，他猜到了是什么。

可能是食物！也许那个小男孩是给他们带食物的，但反而给了比尔他们。这两个男人现在来找这些食物，一定是觉得被小男孩丢在哪里了。

安德拉的宝藏

“他们一会儿肯定会到这里来的。”比尔心想。但是他们没有。正当他们走到破旧的拱门旁边，就是琪琪栖息的地方时，琪琪发出一声发令枪响。

噼啪！

孩子们一下子都醒了，坐了起来。他们惊讶得发不出声音，在听到比尔发出的一声“嘘”后，立刻坐着安静地等待。

两个男人显然被吓到了。比尔可以看到他们互相抓住对方，很快地说着什么，明显是在问对方刚才那个是什么声音。

琪琪想了想，自己不喜欢他们。她开始大笑起来，对他们来说，这简直是最恐怖的事情。琪琪的笑声是那样愚蠢，却让他们感到毛骨悚然。

琪琪停了下来。她鼓起喉咙，发出了自己最拿手的声音：火车过隧道时汽笛的鸣叫，而且越来越响。这是一次杰出的演出，取得了非常令人满意的效果。

两个男人叫起来，声音中充满了恐慌，然后以最快的速度逃走了。他们仿佛很确定有什么可怕的东西正从身后追过来。琪琪又发出了一声发令枪响，咯咯笑起来。

“天啊，琪琪。”确认两个男人离开后，比尔说，“真是精彩的表演！”

“比尔，到底是什么人在外面？”黛娜问。

“我也不知道，”比尔回答，“但我感觉应该是两个很饿的人，在寻找今天那个小男孩给我们的食物。不管怎么样，他们现在已经匆匆离开了。”

"琪琪简直棒呆了，对不对？"杰克说，"琪琪真棒！聪明的鸟儿！"

琪琪打了一个特大的嗝："对不起！去看医生！砰！黄鼠狼来了。"

"没错，很棒。但是现在还不够。"杰克说，"比尔，你觉得这两个男人会是谁呢？"

"我不是刚说了，我不知道。"比尔说，"这个地方真让我摸不着头脑。好了，继续睡吧。我不觉得那两个家伙还会再回来。就算我们还有其他访客，我猜琪琪也会替我们处理的！"

他们再次睡了过去。比尔清醒了一会儿，然后也睡着了，直到第二天早上。

其他人早就醒了。杰克因为口渴醒了过来，出去找水喝。他在山丘下面的一间倒塌的房子旁找到了一口有水的井。不久，他找到了一个将这些清凉的井水装起来的办法。他试着用绳子绑住露西安找到的破罐子，把它伸到井下面。因为罐子的罐颈破损了，装不了很多水，但也足够给他们解解渴了。大家早餐吃了面包卷和芝士，都希望那个小男孩能再来一次！

"杰克，你去下面看看，是不是有小船的消息。"比尔在他们吃完早餐后说。杰克出发了，很快便回来汇报情况：小港湾空空如也，根本没有什么小船的踪迹。

"好吧，我们就只要等着就行了，就是这样。"比尔试图安慰大家，"我们离开小岛只是时间问题而已。要么蒂姆发现有异常，要么安德罗斯发现自己确实太疯狂了，回来找我们！"

171

大概中午十二点，他们又听到毛驴身上"当当当"的铃铛声了，在同一个拐角，那个顽皮的男孩又出现了。比尔这次知道该做什么了！他和其他人一起把食物卸下来，付钱给男孩。在铃铛的响声中，小男孩又离开了。他对自己这次受到的待遇很满意。每个人都认真注视着他。

　　"简直太奇怪了。"比尔说，"咱们得赶在真正的接收人到来前，快点把这些食物藏起来吧。我们自己先填饱肚子，我都饿坏了！"

　　他们把食物拖到昨晚睡觉的屋子，饱餐了一顿后把剩下的食物藏了起来。比尔在想，他是不是应该找一个农场寻求帮助。但是他们又能提供什么帮助呢？或者农场会怎么对待他呢？在这个孤零零的小岛上，什么事都可能发生。他或许会被抢劫，被关进监狱，甚至被杀掉。

　　杰克向比尔要来了那张重新绘制的地图，他想研究研究。"并不是说它有多大的用处。"杰克笑着说，"既然现在已经在泰弥斯岛了，我就不会像之前那样对它朝思暮想。当你真的置身于这些废墟之间时，真的很难相信这里有宝藏。"

　　比尔给了他地图，杰克把它拿到原先是神庙的地方，然后在一个角落里坐下。露西安也坐了过来。琪琪站在他们中间，发出一些轻柔的声音。

　　两个满头红发的脑袋一起凑近了地图。"上面信息太多了，我反而什么也理解不了。"杰克说，"'两根手指'，好吧，我们已经知道它是什么了，那么我们再看看这里，更进一步的地方说'钟'。这是什么意思？钟！哪里有一个钟？那头小毛驴肯定有，学校也有钟，还有……"

"神庙，"露西安说，"我猜这个神庙里面以前有一口钟。我在想会在哪里呢。"

她四下打量着，找不到哪里挂着一口钟。

杰克突然看着她说道："露西安，没错，神庙有一口钟。神庙可能是其中一条线索，通往宝藏的一个指引。"

"你真这么觉得？"露西安有点怀疑，"但宝藏肯定是被藏在哪里很深的地底下，不会是神庙的上面。我们知道那个通往秘密通道的入口在山丘下面很深的地方，略略高出小海湾而已。"

"宝藏会不会被藏在了神庙底下？"杰克说，"或者附近的什么地方？也许这座神庙有一间地下室。我说，真可能是这样！如果这座神庙曾经有过地下室，宝藏肯定还在那里，因为地下室不会像那些建筑一样变成废墟。地下室没有经历风吹雨淋和太阳的暴晒。地下室！没错，在很深很深的山丘下面，从小海湾那儿的地下通道过去。在海边可以很容易就找到这条通道，它可能是被水手们用来偷运货物的。露西安，一定有地下室！走吧，我们去找找。"

露西安立刻跟着杰克站了起来，又是激动又是怀疑。杰克开始在之前可能是院子的地方四处搜寻着。但这里杂草丛生，想要找到地下室的位置实在是非常困难。

他们靠着一根已经坍塌了一半的柱子休息。琪琪飞到他们头顶上的一根柱子，站在那里。这时，米基也蹦跳着来到了这座神庙的旧院子，一同过来的还有比尔他们几个。米基看到了琪琪，便蹿到了她的身边。

琪琪没有防备，被吓了一跳。她气极了，狠狠地啄了米基一口，害它在上面失去了平衡，掉进了大柱子的内部！

米基掉下去的时候，吓得尖叫起来。琪琪把脑袋探进柱子中间的洞，看看米基怎么样了。

"全没了。"她用一种空洞的声音宣告，"全没了。叮咚响的钟。"

"琪琪，你这个傻子！"菲利普大叫，"嘿，米基、米基！快上来！"

但米基没有上来，只传来它轻轻呜咽的声音。"它受伤了，"菲利普说，"来，杰克，帮我一把。我会爬到柱子下面去救它。它应该没有掉到很深的地方。"

杰克帮着菲利普，让他爬上那个破损的位置，把腿伸进去，就在菲利普准备跳下去的时候，他停了下来，仔细看着里面。

"嘿，比尔！"他喊道，"把你的手电筒给我。我觉得我最好在往下跳之前，先看看情况。那底下好像有什么奇怪的东西！"

比尔把手电筒递给他。菲利普打开后，借着手电光，向中空的柱子底下望去。

"我说，这真是太神奇了。在柱子的最底下看起来有一些台阶！你们觉得会是什么？"

第20章
探索宝藏路线

　　每个人都惊呆了。台阶！中空的石头柱子底部有通往下面的石头台阶！杰克大声喊道：

　　"我敢肯定它们是通往地下室的！"

　　"什么地下室？"黛娜吃惊地问。但是杰克太激动了，没有理会她。

　　"比尔，我们去下面看看吧，走。我们找到了宝藏的线索了。地图上不是写着'钟'吗？这座神庙肯定有一口钟。我敢肯定宝藏一定是在下面什么地方！"

　　"你在胡说些什么，"比尔完全没跟上杰克的意思，"菲利普，先下去看看米基的情况。但在我们拿着提灯回来之前，别鲁莽地尝试下去查看。听明白了吗？"

　　"明白，比尔，"菲利普不情愿地回答，然后跳了下来，"米基一定是掉到下面的什么地方去了。它肯定是掉在台阶上，然后又顺着滚下去了。我还能听见它在呜咽。"

　　"我猜它是受到了惊吓。"比尔说，"你们两个男孩，跟我一起去拿提灯和食物。如果我们要去下面就必须做好准备！"

安德拉的宝藏

　　男孩们回来前，米基已经爬上来了——一个非常害怕，为自己感到难过的米基，它到处寻找着心爱的菲利普，但是他不在，所以米基去了露西安那儿，让她像对待小宝宝似的安慰自己。它一直不停呜咽，露西安感到很苦恼。

　　"好了好了，你没有伤得非常厉害。"露西安安慰米基，"只是有一两处淤青。我知道琪琪这次真的有点过分。但米基，你的发现真的很棒，非常棒！"

　　琪琪为自己的行为感到很羞愧。她躲在一个角落里，把脑袋埋在翅膀底下。没有人注意到她。

　　男孩们回来了。比尔用手电筒照着，往中空的柱子下面仔细看了看。这让他感到很困惑，以前的人竟然利用石柱作为通往地底下的方式，让它成为一个入口。他看不到任何入口，除了这根柱子上破损的大洞。

　　"这是一段狭窄的螺旋形楼梯。"他告诉两个女孩，"杰克大概是对的。这个楼梯可能会通向神庙的地下室。这方式可真隐蔽，可能只有神庙的大祭司才知道。来，男孩们，帮助女孩们爬下来。我先下去看看。"

　　比尔巧妙地让自己落在第一级台阶上。他用手电筒照亮下面的路。没错，正是他想的螺旋形楼梯，看上去非常狭窄，可能越往下会越宽。他几乎是手脚并用才从最开始的十二级阶梯上爬下，有那么两三次他几乎都要摔倒了，因为实在是太过狭窄和陡峭。

　　在男孩们的帮助下，女孩们紧跟在后面。黛娜拿了一盏提灯。她发现拿着提灯爬台阶真的太困难了，最后她把提灯交给了比尔，因为她需要双手协助通过最上面的一些台阶。杰克拿着另一盏提灯，为露西安照亮。

食物被扔在他们身后。"最好先把食物留在这里吧。"比尔喊道，"如果我们一会儿需要可以再来拿。这地方比其他任何地方都适合存放食物。"

于是，他们就把食物留在了最上面一级台阶那儿的石架上，很快，他们五个人都下去了。正如比尔推测的，越是往下，这些石头台阶就变得越宽，也越容易走。

米基现在待在菲利普的肩上，琪琪则跟着杰克进入了石柱，一路上她都非常安静和沉默。他们一点一点地往下走。

最后，他们来到了石头台阶的尽头，下面是一个巨大的洞穴或是地下室，在山丘的岩石里无限地延伸开来。提灯只能照亮它很小的一部分。

"没错，就是这个地下室。"杰克说，"我们下来的路肯定是一条秘密通道。快看，那儿还有上去的路。比尔，那里有更多的台阶，这次是笔直的而不是螺旋形的，但也很陡峭。"

"是的，我觉得那个是进出这个地下室的正常方式。"比尔说，"我们走的那条路非常隐蔽。瞧，从这儿看，你根本看不到，楼梯被藏在了巨大的岩石后面。"

他把手电筒照向他们正要走过去的巨大台阶。"我先上去，看看这些台阶通往哪里。"比尔说着走上了台阶。孩子们听到比尔的脚步声向上再向上，然后停住了。接着他们听到脚步声下来了。"上面通往一块石头天花板。"比尔说着情况，"可能那里有一个出口，但被巨大的石头暗门封死了，现在长满了杂草。它显然是正常的进出通道。我们现在是在哪个位置？"

"比尔，我们再看一下地图吧。"杰克提议，"我敢肯定，我们现在是在'钟'的位置上。你知道吧，神庙代表'钟'。"

在比尔的手电光下，他们再次研究起地图来。比尔用手指着"宝藏通道"。"'两根手指状的岩石'，"他说，"我们先是在那里，然后停在了那个四面不通的地方。"

"没错，然后接下去被标记的是'女神'，"菲利普说，"真不明白是什么意思！"

"大概这个东西存在于从'两根手指状的岩石'到这里的路上。"杰克说，"我们可以过去瞧瞧。看，接下去就是'坟墓'。我猜那是埋着什么人的地方。"

"是的，我猜是在一个石头小房子里，"比尔说，"然后我们就到了'鸟'，也不知道是指什么奇怪的东西。"

"再就是'钟'了，"杰克得意扬扬地说，"我敢打赌，就是我们现在所处的地方！"

"没错，但不是宝藏所在的地方。"比尔说，"瞧，你继续走到这里——标着'迷津园'。那不太好。"

"到底什么是'迷津园'？"露西安问。

"一个迷宫，一个弯弯曲曲、充满混乱的地方，你很容易在里面迷路。"黛娜解释道。露西安听了，觉得一点也不喜欢！

"迷津园，"露西安说，"那接下去是什么呢？"

"地下墓穴。"比尔回答，"那里很显然就是藏宝藏的地方了！通往那里的路可真够复杂的！"

"我们一起去找到它吧！"杰克高兴地说。他把地图折起来，放进自己的口袋里："走吧，我们也没什么其他事可做。我必须说，在这底下待着可比暴晒在炽热的阳光下舒服多了，太凉快了！"

"现在的问题是，我们该走哪条路？"比尔问，"一条路是去往'迷津园'的，另一条路是去往'坟墓'的。虽然地图上标记的指南针是为了更容易辨识方向，但我们现在看不到太阳，完全不知道东南西北。你们谁带着指南针吗？"

没人带着。"好吧，那我们得靠猜了。"比尔说，"显然，这儿有两条可以走的路，一条往左，一条往右。我们先去右边吧。"

众人一起往地下室的右边走去。比尔拿着手电筒，两个女孩手拉着手，每个男孩各拿一盏提灯。灯光投下的阴影很古怪，他们走路时发出空洞的回声，奇怪而瘆人。琪琪和米基一点也不喜欢，她们安静地待在两个男孩的肩上。

他们走了一段路，来到一条宽阔的通道前，它向下通往一片平坦的斜坡，延伸过去，没多远就停在似乎是一扇门的地方。这是一扇看上去曾经非常坚固牢靠的木门。即使现在，门还是完好无损的，只是其中的一条铰链坏了。当孩子们第一次把门推开的时候，另一些铰链也纷纷掉了下来，门朝里倒去，差点压到了比尔，幸好他及时跳开了。

安德拉的宝藏

他用手电筒照着那扇门，门上正好有一只雕刻出来的鸟。"原来在这儿啊，'鸟'的标记。"杰克满意地说，"比尔，这是不是其中的一条线索？这是一只老鹰，雕刻得很精美。"

"这下，我们知道自己走的是哪条路了：错的那条！"比尔说，"但现在我们应该往前走。这一切都太神奇了！"

他们通过了这个入口，把倒在地上的雕刻着鸟的木门丢在身后。往回看，他们看到自己此刻经过的通道在门口分成了两条路，显然有两条可以到那儿的路径，右边这条通往这扇雕刻着"鸟"的门，所以这条路线被标记为"鸟"。

接着，他们走过了一条非常狭窄的通道。它跟另一条一样，一直往下通到一个狭窄的房间，其中一边有一个光滑的石架，两端是雕刻有复杂符号的木板。

"这一定是一个坟墓。"比尔说，"很可能是大祭司被埋葬的地方。肯定还有很多像这样的坟墓。"

"那些运送宝藏的水手肯定需要通过这个坟墓，"菲利普推测，"也许因为他们盗过墓，所以知道这条路线。"

坟墓那儿没有门，但门口被砌得很光滑很平整。可能曾经那里有一扇门。除此之外，通道越往下就越倾斜陡峭。

"现在轮到'女神'的标记了。"杰克说，"我说，这地图其实还挺清楚的，比尔，你说是不是？如果我们能通过'两根手指状的岩石'——就是那个洞，我们就能够把这张地图作为非常准确的向导。"

"小心台阶，"比尔提醒道，"它们被嵌入了岩石里，这里非

180

常陡。"

　　他们很小心地下了台阶，底部是一扇造型优美的用大理石做成的拱门，被嵌在另外一扇天然形成的岩石拱门中。拱门外是大理石地板，仍旧平滑光亮，因为地下室里没有灰尘。

　　墙面也是被雕刻过的，被砌成了一些图像和符号。老鹰、鸽子、狐狸、狼。这个奇怪的小洞穴装饰着很多令人难以理解的设计和图案。

　　"这一定就是'女神'的位置了。"比尔说，"我猜这里被用来祭祀一些鲜为人知的女神——深藏地下，只能秘密前来。"

　　"没错，一定是这样。"菲利普同意，"这是不是很奇怪？我觉得这些雕塑已经存在好几百年了！"

　　"现在还差最后一个线索，或者说其实是第一个，不管你怎么叫它。"比尔说，"'两根手指'！我们知道它指什么。但我很确定我们应该会走到石门的另一边。好啦，我就说，现在台阶又很陡峭了，是吧？或者说像是没有台阶似的。女孩子，小心点！"

　　他们磕磕绊绊地沿着一条非常陡峭的通道往下走，正如比尔所言，他们走到了那扇石门的另一侧——正是它堵死了"两根手指"后面的洞。大家停下来，开始思考。

　　"我们找到的宝藏路线没问题。"比尔说，"现在，我们又回到了开始的地方：'两根手指'这里。我们得再回去，经过'女神''坟墓'和'鸟'，回到'钟'，就是神庙地下室的位置。"

　　"然后我们会走另一条路！"比尔简直激动得发抖，"去'迷津园''地下墓穴'和'宝藏'！"

第21章
令人讨厌的琪琪

　　他们原路返回，穿过奇怪的小房间——那个曾经用来在地下祭祀一些奇怪女神的由大理石建成的神庙，再通过一座古老的坟墓，跨过已经倒在地上的雕刻着鸟的木门，众人很快就回到了神庙的地下室。

　　"现在我们开始探索另一条路吧，左边的这条。"比尔现在简直跟四个孩子一样激动，"来吧，沿着这条通道走。菲利普，举着你的那盏提灯。我的手电筒快没电了。"

　　"这条通道是通往人们经常迷路的'迷津园'吗？"露西安有点害怕地问道，"我们会不会迷路呢？"

　　"不会，我们会找到安全的方法。"比尔说。他和杰克一起仔细研究了一下地图。"虽然这个部分标记的是'迷津园'，但其实只显示了一条通道。我猜，那些时不时出现的字母'R'表示的是'右边'。看上去我们一共需要转六次弯。如果我们来到一个岔口，我们应该知道怎么做了！走吧！杰克，把地图放到你口袋里。"

　　他们沿着低矮蜿蜒的通道向下走了一段。这时，杰克对其他人大喊："真气人，你们有谁看到琪琪了吗？"

他们都停了下来。"我没有看到，"露西安在后面喊道，"黛娜也没有。"比尔确定他没见过，菲利普也是，他肩上只有米基。

"我们在地下室的时候，她从我肩上飞走了。"杰克记起来，"我得回去找她。我回头再追上你们。"

杰克跑了回去，其他人继续向前。杰克有一盏提灯，能够轻易找到他们。

其他人很快来到了一个岔口。"我们应该走右边这条路，"比尔说，"这边！"通道弯弯曲曲，动不动就转变方向，这让他们没法知道自己是不是在往前走，还是在不停地打转或是转弯后走向了相反的方向。

"第一个岔口右转，第二个，这是第三个，"菲利普数着，"再三次右转，我们应该会到达那个地下墓穴！"

"哦，"露西安说，"我希望不会太远！我已经厌倦了这些黑暗的通道。这条道上有很多小石子，我的脚趾一直会撞到它们。"

"我希望杰克会跟上我们，"菲利普走在队伍的最后，"我总觉得能在身后听到他的声音，但每次转身却没有。比尔，我们是不是应该等他一下？"

"你说得对，也许我们要等等他。"比尔说着停下来。但是杰克还没来。天哪，他到底在做什么？露西安开始担心起来。

"杰克！"她喊道，"杰克，你来了吗?"

"最好回去找一下他，"比尔很困惑，"我真希望他没迷路。他知道我们每次就是右转后往前继续走。"

他们往回走了一段，然而比尔停了下来。"我猜我们这么走是对的吧?"他问道，"我好像不怎么记得我们有走过这个通道，它的顶部变得越来越低矮。我刚才不小心还撞到了脑袋，但我确定刚才来的路上肯定没有!"

"我的天！当然，我们没有错过应该要走的路，看上去很简单，就是在回来的路上每次都左转。"黛娜抱怨道，"比尔，肯定没错。"

比尔很不安。他显然不记得曾经走过现在这条顶部低矮的通道。他打定主意。"我们得再退回去，"他说，"我觉得我们错过了最近的那个左转。"

于是，他们退了回去，但很快他们走进了死胡同！通道变得越发狭窄，甚至没人能够挤过去。这条路一定不对！

"又错了。"比尔试图振作一点，但心里却惴惴不安，感到了阵阵恐慌袭来。这个"迷津园"究竟有多大？它到底深入山里多远？在地图上只是一条短短的路线，但是"迷津园"本身可能绵延好几英里，布满了纵横交错的通道和十字路口，绕了一圈又一圈。

"这真的是一个迷宫，"比尔心想，"而且很可能只有一两条正确的可以通过的路线，但我们已经错过了我们以为自己在走的那条。天知道我们会在这里逗留多久！"

"我在想杰克到底在哪儿，"他们在进出迷宫时，露西安焦虑地说，"我真希望他没事。"

杰克在哪儿呢？他回去找琪琪了，他听到她自怨自艾的声音从神庙地下室里传来。琪琪站在通往破损的石柱的螺旋形台阶上。杰克喊道：

"琪琪！你在那儿做什么？傻子，你怎么不跟我们一起走啊？现在害我还得原路返回来找你！"

琪琪厌倦了一直待在地下，她想飞到上面有阳光的地方去。而且她还想喝水，地底下看起来一点水源也没有。

"琪琪！快过来！我想回去跟上其他人。"杰克呼喊道。

"快去看医生，"琪琪扑棱着翅膀说道，"鹦鹉感冒了，快去看医生。"

"别这么让人讨厌。"杰克疲惫地说，他向琪琪待的地方走去。琪琪往上飞了几级台阶，冲杰克竖起脑袋。杰克在提灯的光里能清晰地看到琪琪，他很生气。

"你表现得太差劲了，"他责备她，"快下来，到我肩上来，你这只坏鸟。"

"淘气的鹦鹉，去看医生。"琪琪好像满脑子都是医生。她又往上飞了几级台阶。杰克不得不跟上去。琪琪让杰克惊讶极了！杰克越是想跟上其他人，琪琪越是这样。

每次杰克快要碰到琪琪时，她就又飞高了一点，最后不见了。

杰克对着那些石头台阶生气地喊道："你给我等着，我一定会抓到你的，坏鸟！竟然这么戏弄我！我最后说一次，你给我下来！"

一个嘲笑的声音飘下来："擦擦你的双脚，别擤鼻涕，砰，去看医生！"

可怜的杰克真是受够了！他以最快的速度爬上螺旋形台阶，但在最上面走得却非常困难，也就是破损的石柱的底部。最后他站到了石柱里面。阳光透过石头的洞照射进来，杰克看得清清楚楚。琪琪正待在洞的边缘，在太阳底下整理羽毛。她时刻留意着杰克，知道他现在非常生气。

"嘿，我说！"她大声说，"嘿，我说！"她从洞的边缘飞起来，在杰克的视野里消失了。但他还能听到琪琪的呼喊，"嘿，我说！嘿，我说！"

杰克喘着粗气，用尽各种粗鲁的话咒骂着琪琪，他在柱子内部发现了一个可以勉强站着的地方，然后让自己往洞上面爬。他穿过洞跳了下来，来到阳光底下，到处找着琪琪。

不远处的一棵树上，琪琪待在那里向山丘底下看着。"嘿，我说！"她用一种刺耳的声音喊着，然后咯咯地笑起来。

杰克生气地跑去树那边，但他停了下来。有人正在往山上走，这人看上去有点眼熟，非常眼熟！一个牙齿往前突出，几乎没有下巴的人！

"卢西恩！"吃惊的杰克几乎动弹不得。卢西恩走了过来，难怪琪琪突然发出一连串的"嘿，我说！"卢西恩停下来，盯着杰克看，仿佛不敢相信自己的眼睛。

"嘿，我说!"卢西恩说，"嘿，我说。"

"哈啰。"杰克虚弱地冲他打招呼，咧嘴笑，"呃，你在这里做什么?"

"我正想问你同样的问题，"卢西恩说，"简直超出所有神奇的事情!我从来不敢相信!"

"你到这里多久了?"杰克问，"你为什么在这儿?"

"我今天刚到，"卢西恩说，"我叔叔在这儿，你看，天知道为什么!我都不知道他具体是什么时候到的。无论如何，他自己到了岛上，又派了一条船到泰弥斯岛来，带来了他要的人和东西，所以我想着我也干脆一起过来吧。"维京之星"号一直停着，你也知道的，我简直无聊透顶。我想着叔叔这里一定会有什么古老的玩意儿可以瞧瞧。"

杰克安静地听完了这些消息。哦，艾普先生也在这里，是吗?他到底还是来这里寻找宝藏了啊。杰克很快想到自己撞见卢西恩真是糟透了!这个男孩会告诉艾普先生的。

"杰克，你在这里做什么呢?你必须告诉我!"卢西恩坚持问道，"这简直太神奇了。琪琪也是!其他人呢?"

"他们为什么在这儿?"杰克反问道，他不想告诉卢西恩其他人的情况，他们在哪里，或是怎样找到他们。绝对不说。他努力想着，但想不到什么计划。他只想甩掉卢西恩，偷偷下到石柱里面，通过螺旋形楼梯去地下室，提醒比尔，因为比尔会知道该怎么办。

他该怎么摆脱卢西恩呢?卢西恩看上去一步也不想让杰克

安德拉的宝藏

离开他的视线。而且天哪，天哪，天哪！艾普先生正和另外三个男人一起朝山上走来！

艾普先生在看到杰克和琪琪后吃惊得说不出话来。他猛地停下，透过墨镜盯着他们。然后他摘下眼镜，擦了一下，正准备再戴上去时，卢西恩开始发出他那愚蠢的笑声。

"哦，天哪！我的天哪！叔叔，你是不是也不敢相信自己的眼睛？我也是。但确实就是杰克，还有那只鹦鹉琪琪。"

有那么疯狂的一刻，杰克心想自己能不能拔腿就跑，逃离这几个还沉浸在惊讶中的人，躲到什么地方，然后再想办法去找比尔，提醒他。

但根本没机会这么做。艾普先生一声令下，那三个男人站到了杰克身后。艾普先生走到了他的跟前。

"你到底在这里做什么？"他问道，用一种非常奇怪，但充满威胁的口吻，让杰克又惊又怕，"其他人在哪里？"

"我们过来探索一下，"杰克最后坦白，"就这样。任何人都可以来这些岛上探索。'维京之星'号的发动机坏掉了，乘客们被告知可以租汽艇在这些小岛间游览。"

"你为什么到这个岛上来？"艾普先生的口吻依然很严厉。卢西恩出乎意料地替杰克回答道。

"叔叔，他一定是来这座岛上寻找你告诉我的宝藏的。"

"管好你的舌头，蠢货。"艾普先生的口水几乎要溅到可怜的卢西恩脸上。"现在，你，"艾普先生又转过去面对杰克，"你竟敢闯入我的小岛！"

"它不是你的，"杰克说。

"它就是属于我的，我刚刚买下的！"艾普先生说，"哈，你还不知道吧，但是你知道我为什么要买下小岛！"

第22章
又是艾普先生

　　没错，杰克知道艾普先生为什么买下这座小岛。他忧伤地盯着艾普先生，心里一沉。如果这座岛屿属于艾普先生，那么那些宝藏就也是他的了。这趟冒险也将再一次突然结束。

　　"你知道我为什么买下这座小岛吧？"艾普先生又重复了一遍问题，"小子，说说看。"

　　"我猜你想寻找岛上的宝藏，"杰克用很低的声音回答，"但你是找不到的。记得吗，你只见过其中两小块地图而已！"

　　"所以你得告诉我其他几块地图在哪里。"艾普先生用一种很危险的口气说。

　　卢西恩现在完全被吓坏了。"嘿，我说，叔叔，"他开口说话，"我觉得你不应该这样对杰克说话，你知道的，我的意思是……"

　　艾普先生后退了一步，熟练地扇了卢西恩一巴掌。他的手掌发出了像是鞭子抽打的声音，琪琪立马模仿起来，随后开始咒骂起艾普先生："淘气的男孩、淘气的男孩，傻子、笨蛋，先生啊先生！"

卢西恩号嗷大哭。他用手捂着嘴巴，跌跌撞撞地走到角落里，而那三个男人目睹这一切后，仍然面无表情。

"这就是我对付愚蠢男孩的方式。"艾普先生又转向杰克说道，"你是不是也想变得这么蠢？"

杰克什么也没说。艾普先生把他的脸凑得很近，出人意料地对杰克露出了一个令人厌恶的表情，把杰克吓得突然后退，踩到了其中一个男人的脚上。

"其他人在哪里？"艾普先生追问道，他的脸几乎快贴到了杰克脸上，"他们肯定在这里。我昨天把你们的船弄走了。我威胁那个水手，把人带到我的地盘上是要坐牢的！"

"哦，原来这就是安德罗斯逃走的原因。"杰克厌恶地说，"艾普先生，你这么做也太愚蠢了！你难道不知道他会再回来吗，兴许还会带着其他帮手？"

"他不会的，"艾普先生说，"他知道自己要是敢说出去一个字，我会把他关进监狱的。不不，我知道我自己在做什么。当我看到那艘船的时候，我就猜到了是你们和你们的那个朋友闯入了这里。我听说过他！这是我的小岛！每样东西都是我的。"

"行行行，"杰克说，"但为什么只赶走了船，没赶走我们呢？如果你告诉我们这个小岛是你的——我们知道你买卖小岛——那我们就不会不经允许就闯入小岛。"

"我要你们待在这儿，"艾普先生说，"你们有地图，难道不是吗？你没有把它落在游轮上吧？肯定不会，你肯定把这么珍贵的东西带在身边！"

杰克冷静了下来。没错，这就是艾普先生赶走了小船但留下了他们的原因。他是为了得到地图！一念及此，杰克又联想到了其他事：一些非常疯狂的事情。

地图就在他身上——那张重新绘制的地图。在地底下的时候他和比尔一起看过，但是杰克还没还回去！假如艾普先生搜他的身，肯定会找到的。他该怎么在艾普先生搜查之前把地图毁掉呢？

"我猜你们昨天一定遇到了那个农场的小男孩，今天也是，把我送来的食物全部抢走了。"艾普先生说，"真是很了不起啊！我很不喜欢你们的行为，这给我带来了很大的麻烦。"

"天知道呢，我们怎么会知道这些食物是给你的，当时我们也不知道你在岛上，而且那个男孩说的话，我们一个字也听不懂。"杰克喊道，"你的船也不在小海湾那里。我们怎么会知道还有其他人到了这个小岛上。"

"我是从另一个小海湾进来的，"艾普先生说，"但我不会告诉你是哪个。不，在你告诉我其他人在哪里之前，我是不会告诉你的。当我拿到地图时，也许，我是说有这个可能，我会放你们离开这个小岛。但你们谁也不可以再破坏我的计划。"

"真是荒唐。"杰克厌恶地说，"我们没想过来搞破坏。如果我们知道你买了这个小岛，比尔会是第一个提议我们离开的。"

"其他人在哪里？"艾普先生突然叫道。

"大概在附近吧。"杰克冷漠地说，"你为什么不自己去找？

别对我这么大喊大叫，我不是卢西恩。"

"是不是那个比尔拿着地图？"艾普先生问道，声音变得越发严厉。

"为什么你自己不去找比尔问问呢？"杰克说，"喊他啊！看他是不是回应你！如果我在这里，他为什么会不在呢？"

艾普先生突然冲着杰克的耳朵给了他一拳，杰克猝不及防，没有避开。琪琪也差点被殃及，幸好她及时飞到空中。她向着这个愤怒的男人猛冲下来，狠狠地啄了一口他的耳朵，艾普先生痛得大叫。

杰克忍住不笑，心里想着：活该！琪琪做得好！鹦鹉又飞到了很高的树杈上，站在那里，大声痛骂。

"坏男孩，淘气的男孩！快上床，去看医生，去找黄鼠狼！"

艾普先生对杰克身后的三个男人很严厉地说了些什么。一瞬间，他们抓住杰克的手臂，把他按到了地上。然后，其中一个男人开始熟练地搜杰克的身，他很快便找到了地图。

艾普先生拿着地图。杰克可以想象在墨镜背后，他的眼睛应该激动得放光！

"所以！就是在你身上。"艾普先生说。他展开地图，发现不是原来的那张。他仔细打量着，问"这是什么？是看过其他几块地图碎片的人重新画的吗？为你们画的？已经被解释和翻译了？"

"你自己看。"杰克没好气地说，他依然被按在地上。他以为会有一顿拳打脚踢，但艾普先生只顾端详着那张重新绘制的地图，根本没时间理会杰克。杰克记起艾普先生之前只见过两块地图就知道该去哪座小岛，知道那里有宝藏。他现在一定是饶有兴趣地在研究另外两部分。

"'两根手指'。"他念念有词，然后看着杰克。"'两根手指'，"他说，"这在我之前看过的地图上就标着，我找到了'两根手指状的岩石'。但是那里没有通道。"

"哦，那我猜，我们在洞里找到的旧电池就是你的吧。"杰克坐了起来，"我们还在想会是谁的呢。"

艾普先生没回答，看上去根本就没听见杰克的话，他在研究地图。他自言自语地说着什么："'两根手指''女神''坟墓''鸟''钟''迷津园''地下墓穴'，这就是他们走的路线，完整的路线！"他开始用希腊语自言自语，杰克一点也没听懂。

卢西恩还坐在地上，手捂着嘴巴，脸上满是泪痕。琪琪飞下来待在卢西恩旁边，在咬他的鞋带。"嘿，我说！"琪琪还在重复说，"嘿，我说！"

"你们找到路了吗?"艾普先生质问道。

"什么路?"杰克假装天真地问。

"哈！当然是去藏着宝藏的密室的路！"艾普先生轻蔑地说。

"哈！"琪琪也立马学着说，"哈！"

"我要拧断这只鸟的脖子。"艾普先生威胁道，"小子，回答我。"

"没有，我们没找到路。"杰克如实相告，心里很庆幸他们选择了错误的那条路而不是正确的那条！同时，他又在想，缺了他，比尔和其他人现在是不是已经找到了路。不过，他们很可能还在等他。他们肯定很想知道他究竟发生了什么事！杰克打心底希望，其他人不要从那个破损的石柱里爬出来。如果他们出现了，就会被艾普先生的手下抓起来，那时候比尔便很难再保守秘密了。实际上，现在他再试图做些什么也都没用了，毕竟艾普先生已经拿到了地图。

"一旦艾普先生发现破损石柱里有通往地底下的路，那些宝藏就肯定是他的了！"杰克心想，"要是卢西恩没有看到我从石柱里出来就好了！我现在只求其他人不要突然出现。但我肯定他们很快会出现的！"

但是他们暂时还没出现，因为他们已经在"迷津园"里迷路了！他们还在通道里转来转去，越来越焦虑。他们跟杰克失去了联系，现在还迷了路。

"这个可怕的迷宫！"黛娜绝望地说，"比尔，瞧，我很确定我们刚才经过了这里，我记得很清楚，那块可怕的凸起的岩石之前撞到了我的手肘，这次又撞到了。我敢肯定是同一个地方。"

"我们一直在不停地打转，进去又出来，天知道我们现在是距离地下室更近还是'地下墓穴'更近！"菲利普抱怨道。

比尔也很担心。他停下来站住，思考了一会儿，想要找到一点方向感。但只是徒劳，因为在地底下简直太难了！他再次前进，很快到了一个岔口。

"听着，"比尔说，"我发誓我们应该从这里走。这是其中一个我们应该右转的地方。希望我们没错吧！跟我走！"

　　三个孩子跟在比尔身后，露西安感到非常疲惫。他们到达另一个岔口时，再次右转。接着，他们走到了一个分成四个通道的路口。他们再次选择了右边。比尔感到有些振奋了。他们现在很可能已经走在了正确的路线上。因为他们不再像之前那样总遇到死路了。哈，又是一个岔口。行，再次右转！

　　突然，通道终止在一个陡峭向下的台阶处。比尔举起提灯，往台阶下面望去。

　　"我们终于到了正确的道路上！"比尔说，"那些肯定是'地下墓穴'，地底下的洞穴和通道全汇集于此。曾经被用来藏东西的地方、埋葬逝者的地方，天知道还藏了些什么！"

　　"天哪，比尔，我们真的走得没错？"露西安高兴地问道，"我还以为我们会永远地迷路了呢！我们要从那些台阶下去吗？"

　　"当然，"比尔说，"我先走，跟我来。"

　　比尔先往下走，其他人小心地紧随其后。虽然一共只有三十个台阶，但孩子们感到自己仿佛是在走向地球的最深处。最后，他们到了一个古怪地方，隐没在黑暗中。墙上是一排石架和石龛，还有些中空的地方像是用来存放东西或是供人们躲藏和睡觉的。

　　他们走近这里地上的一个洞。比尔用手电筒向下照去：那儿有一条向下的通道，岩石上还有一些立足点。"我下去看看，"比尔说，"我有预感就是这个地方！"

比尔拿着手电筒，顺着通道下去，消失不见了。很快，他的声音传上来，声音很大，激动不已：

　　"就是这里！这里就是藏着宝藏的密室——宝藏还在这里！"

第23章
宝藏和诡计

　　因为太着急了，三个孩子和米基差点掉进通道里。他们把提灯递给比尔，然后借着提灯和比尔的手电光，他们惊奇地四处打量着这个奇怪的藏有宝藏的密室。

　　它完全是圆形的，像是用机器掏空了岩石，但实际上当然是人们用手建造的。捣碎的桶、盒子和黄铜做成的箱子被杂乱地扔进这个巨大的圆形洞穴，当然还有可能是从通道匆忙丢进来的。

　　这些造型别致、令人称奇的珠宝散落堆放着：一些上面镶嵌着宝石的金属链子、胸针、臂章、脚镯，污浊的有点难以分辨到底是用黄金还是黄铜制成的头梳。锻造精美的匕首被堆在一个角落里，另一个角落放着像是盔甲似的东西。它们也许是从箱子和盒子里掉到地上的，也可能是很久以前被扔进通道时撒出来的。

　　还有一些破碎的刻着人物与文字的模具，看起来像是酒杯和碗，但还有一些东西孩子们怎么也猜不出来是做什么用的。

　　"天哪，天哪，天哪！"比尔跟孩子们一样激动不已，"真是堆满了宝藏！安德拉宝藏！也许我们永远也不知道是不是。但不管是还是不是，想想它的年代，这些东西简直抵得上半个小国家的财富了！看看这个匕首，肯定有数百年了，在干燥的通道里被完好地保存了下来。我想现在只有在博物馆里才能见到这样的东西吧。"

"比尔，简直棒呆了！"菲利普的眼睛在提灯的光里激动得闪闪发亮，他捡起一件又一件的宝藏，每一件的造型和雕工都是那么精美。

"我猜像长袍、斗篷、鞋子这类东西应该都腐烂了。"黛娜略带遗憾地说，"我倒是挺想试穿一下这些东西的。哦，比尔，我们真的找到宝藏了！"

"我希望杰克也在。"露西安带着哭腔说，"他也会很欢喜的。比尔，你说他会在哪里呢？"

"我觉得他大概花了很长时间才找到琪琪，决定不会一个人冒险来找我们。"比尔说，"我来告诉你们接下去的计划。我们返回去找到杰克，再带他来看世界上的最伟大的宝藏！"

"但我们能找到回去的路吗？"菲利普有点怀疑。比尔也有点不确定。而且他的手电筒快没电了，提灯也坚持不了很久。所以现在必须马上回去，和杰克会合，再吃一点东西！巨大的兴奋让他们一直向前，没有停歇，但是他们所有的人现在一定都饿坏了。

"如果我们能快点回去找到杰克，我们都可以好好饱餐一顿。"比尔说，"如果杰克的那盏提灯还能用，我们就用那盏提

『比尔，简直棒呆了！』菲利普的眼睛在提灯的光里激动得闪闪发亮，他捡起一件又一件的宝藏，每一件的造型和雕工都是那么精美。

灯再回到这里，但这一次我们会更加仔细，沿路在墙上留下标记！实际上，我觉得找到回来的路对我们来说挺容易的，只要我们集中精神一直右转、右转、右转。我们刚才一定是错过了一次右转。"

他们爬上通道，把这些非同寻常的宝藏留在这个密室里。真是一个奇怪的密室！这个地方到底有多古老呢？自从这些宝藏被藏在这里后，还有其他人见过它们吗？

他们再次进入了"地下墓穴"，从那些陡峭的台阶走回去就容易多了。他们向上到了"迷津园"，开始准备穿过那些通道。"现在我们必须一直左转、左转、左转，"比尔说，"只要一直这样走就行了。"

但是，他们再次迷路了，又开始不停打转，在这个疯狂的地下迷宫里进进出出，仿佛永无尽头。露西安疲惫得几乎要哭出来了。

这段时间里米基一直安静地待在菲利普的肩上，在这个奇怪的地方一直抱着自己的头。它厌倦了在黑暗中一直不停地走，太奇怪了。它想到开阔的地方去，想吃东西，更想喝水。

它突然跳下菲利普的肩膀，落在地上。它开始独自快步向前走，菲利普对它喊道。

"嘿，米基，米基！过来！我们不想再失去你！"

米基放缓了脚步，但是还在向前走。比尔对菲利普喊道："让它这么走吧，菲利普！我想米基认识路。动物都有着极强的方向感，你知道的，像是天生的本能。也许它能把我们直接带回那根破损的石柱！"

米基不知道比尔在说什么，但如果它知道也肯定会赞同。它当然认识路！它的本能恰恰告诉了它正确的路线：左转、左转、左转，没有犯一点人类常犯的错误。只要他们告诉米基他们要去哪里，米基能够随时把他们带回地下室！

"好啦，我们又在这个地下室里了！"菲利普满怀感激地说。在很短的时间内，他们就回到了神庙底下这个巨大的地下室。露西安也非常欣慰，开始悄悄地哭了起来，但她感到有点羞愧，便擦掉了眼泪，慢慢止住了。她把手伸进比尔的手里，比尔紧紧握了握她的手表示安慰。

"我们安然无恙，"比尔说，"我们找到了宝藏，又找到了回来的路。现在我们去找杰克吧！既然我们一点也没听到他的动静，我估计他在外面开阔的空地上等着我们呢！"

杰克还跟艾普先生、卢西恩还有那三个男人一起在院子里。这段时间里，男孩可不太好受。艾普先生一直对他又打又骂，试图问出其他人在哪里以及杰克知不知道宝藏的路线。

他威胁着杰克，又冲着他的耳朵打了好几拳。卢西恩试图帮助杰克，也挨了好几拳。杰克对卢西恩的行为感到很惊讶，他一直觉得卢西恩是个很懦弱的家伙。杰克感激地看着卢西恩。

"谢谢你，卢西恩，"杰克说，"但别掺和了，你会受伤的。我自己会看着办的。你叔叔这么虐待我，他会有麻烦的，你别担心！"

杰克开始感到肚子饿。其他人大概也是，因为艾普先生突然换了话题，问起杰克他们把从农场男孩那儿得到的食物藏在哪里。杰克当然记得食物被放在哪里——就在破损石柱最下面的石架上，但是他怎么能说呢？这样就会把秘密泄露出去了！

杰克安静地坐着，对艾普先生这些令人厌烦的问题摇了摇头，但是他感到越来越饿，也越发担心起其他人。他们到底在哪儿？太阳已经下山了，马上就是晚上了。

突然，琪琪开始兴奋地说起话来。她离开杰克，飞到石柱那个洞的边缘，往下看。杰克咬住嘴唇。哦，琪琪，琪琪，千万别露出马脚！

琪琪已经听到其他人过来的声音了。她听到从螺旋形台阶那儿传来比尔低沉的声音，后面就是露西安尖细的声音。琪琪已经过去欢迎他们了。

"琪琪，"杰克喊道，"过来。"

"关上门，关上门，把你的脚擦干净，对不起！"琪琪激动地大喊，她的脑袋已经探进石柱里面了，里面也传来了回应的声音。

"哈啰，琪琪，我们的老鸟！你在这儿呀！杰克呢？"是比尔愉快而低沉的声音。

艾普先生马上注意到了，他对着那三个男人稍一示意，他们就立刻跑到石柱那里等着。杰克大声呼叫：

"小心，比尔！危险！小心！"

石柱里面突然安静了，然后又传来了比尔的声音：

"怎么了？"

"艾普先生……"杰克刚想说，就被艾普先生强壮又粗糙的手掌捂住了嘴巴。

比尔又喊了一遍："怎么了？"因为得不到任何回应，他就出现在了石柱的洞口，一条腿已经跨了出来。藏在另一侧的男人们，等待时机，准备扑上去抓住比尔。

比尔见到艾普先生抓着杰克，于是立即从石柱破损的洞口边缘跳出来。那三个男人趁机向比尔扑过来，把他按在地上。

有一个人坐在他的脑袋上，这样比尔就喊不出声音了。杰克在艾普先生的手里不停地挣扎，踢腿，试图咬他，但是艾普先生真的太强壮了。

然后从石柱里出来的是菲利普，他想知道比尔怎么了。当他看到比尔被结结实实按住时，想扑过去救他。艾普先生对那几个男人喊了一些话，他们放开了比尔。比尔立马坐了起来，摸了摸鼻子，感觉好像有几颗牙齿磕掉了！

"这一切到底是什么情况？"比尔问道。但在他继续说下去之前，又一声呼喊从石柱里面传来，是露西安。

"比尔！哦，比尔！怎么了？我们能出来吗？"

比尔想了想。"我得帮那两个女孩出来。"他对艾普先生说。艾普先生点点头。很快，两个女孩、惊吓过度的米基与菲利普、杰克以及比尔一起站在了老旧的院子里。

"究竟发生什么事情了？"露西安问道，"哦，杰克，见到你真是太好了。我快担心死了。我的天，那是卢西恩！"

"嘿，我说！"卢西恩说，试图在脸上表现出勇敢的样子，

"见到你们真是太好了!"

艾普先生暴躁地说了几句希腊语,可怜的卢西恩又蔫了下去。随后,艾普先生转向比尔,用非常阴险的眼神看着他。比尔非常恼火,他受伤的鼻子很快肿了起来。

"看这里,艾普,不管你叫什么,"比尔说,"你会陷入严重的麻烦。你不能像黑帮似的,带着这几个阴险的家伙到处游荡。你到底在这里做什么?"

"这是我的岛,"艾普先生用胜利的口吻说,"我买下了它。当我在你们的帮助下找到通往宝藏的路线后,你们就可以滚了。否则我就让你们以私闯我的小岛和偷走我的东西的罪名被抓起来。"

"你疯了吧,"比尔嘲笑他说,"绝对是疯了。我一个字也不相信!你只不过是在一两天前才听说这个小岛,根本没时间这么快把它买下来。这可真是一个童话故事啊,但是你休想让我相信。现在,把你的手从我们身上拿开,请给我客气点,否则你们就有牢狱之灾,很快!"

艾普先生下了个指示,比尔又被三个男人打了一拳。他立马摔在地上,其中一个男人把比尔的手腕和脚踝绑在一起。艾普先生抓住杰克的手腕,不让他过去帮比尔。菲利普刚想过去帮忙,也立马被其中一个男人打得晕头转向。露西安恐惧地哭了起来。

卢西恩什么也没做,只是在角落里瑟瑟发抖。琪琪和米基待在很高的树上,惊讶地看着眼前的一切,这到底是在干什么?

琪琪猛冲下去，又狠狠啄了一口艾普先生的耳朵，他疼得差点就松开了杰克。

比尔被绑起来后，两个男孩也被绑了起来。"不许碰两个女孩，"比尔威胁道，"你要是碰的话，在我们出去后，你跪地求饶都没用！"

这话没有一点用。黛娜和露西安也被绑了起来。黛娜很生气，一直在反抗，而露西安则被吓坏了。

"现在，"艾普先生说，"我们一起去找安德拉的宝藏，我的宝藏！你们只有地图，而我拥有这个小岛，应该是我来拥有这些宝藏！谢谢你们告诉我往下走的路线！"

艾普先生走到石柱里面，三个男人跟在后面。卢西恩也被叫过去，在他叔叔身后一直往下走，他看上去非常恐慌。

"好了，"比尔说，"他真是卑鄙透顶了！趁他们在下面的时候，我们有可能逃脱吗？这是我们唯一的机会了！"

第24章
犯人们

每个人都等待着，直到最后一个男人也消失在石柱里。比尔说：

"我真希望我一眼也没看那张藏宝图，没有听你们这群小家伙跟我说的故事！真是宿命啊！我们这么快就遇到了麻烦。杰克、菲利普，你们有可能松开自己的绳子吗？"

"我在试，"菲利普和杰克同时回答，"这些坏蛋很擅长打结。绳子简直像是在咬我的脚踝，我的手也几乎动弹不得。"

他们所有人的手都被绑在了背后，不可能解开绳子逃脱。比尔把自己滚到两个女孩那儿。他尤其对露西安感到很抱歉。黛娜坚强得像个男孩子，但露西安无法控制自己的恐惧之情。

"露西安，别灰心，"比尔安慰道，待在她身边，"我们能想到绝妙的点子，把那几个坏家伙也捆起来的。"

"我希望他们会在'迷津园'里迷路。"杰克生气地说，还在试着把手腕从绳子里挣脱出来。

"他们很可能会迷路的，"比尔说，"无论怎样，他们会去一段时间，我们无论如何必须在他们回来前把绳子解开。"

"我松开绳子后要做的第一件事，就是跳到石柱里面，拿点我们放在那儿的食物，"杰克说，"如果那些坏蛋给我们剩了一些的话！我不信他们能全部拿走。"

比尔暗自觉得他们很可能把食物全拿走了，但他没说。他放弃了挣脱绑着手腕的绳子，因为这只会让绳子嵌得更深，引起没法忍受的剧痛。

比尔四处看了看有没有什么锋利的石头可以用来磨断绳子的。他看中了一块石头，便滚了过去。但因为手被绑在背后，他看不到自己的动作，把自己的手指割到受伤流血。比尔只好放弃这个办法。

琪琪在树上待着，自言自语着。刚才的喊叫和挣扎都把她吓坏了。她朝着杰克垂下脑袋，觉得现在安全了，就飞了下来，落在杰克的腰上。

"去看医生，"她把脑袋歪到一边，说着，"去看医生，先生。"

"好主意，琪琪，"杰克试着笑了下，"跟医生说快点过来！立刻给他打电话！"

琪琪立刻模仿电话铃声。电话铃声在这座废弃的庭院里响起来真是奇怪。甚至连露西安都忍不住笑了几声。

"哈啰，哈啰！"琪琪说，很满意自己现在得到的关注。"哈啰！"

"她现在在打电话！"杰克咧嘴笑道，"好琪琪！叫到医生了吗？告诉他，那个混蛋艾普把我们折磨得很惨！"

米基从树上跳下来，和大家一起笑起来。它刚才太害怕了，但现在看到每个人都在说话和大笑，那些吵闹的男人也离开了，重新感到了安全。米基跳到菲利普肩上。菲利普坐了起来，但是他的手被绑在了背后。

"抱歉，老伙计，我不能给你挠痒痒，也不能在你受了惊吓后安慰你。"男孩说，"我的手被绑住了！没错，你去看看我的后背。我还有手，但是它们在我身后！"

米基太想被照顾了，但是它找不到可以依偎的手臂！它跑到菲利普身上去寻找：男孩到底对自己的手和手臂做了什么？啊，它们在他的身后！米基用它的小爪子拉了拉菲利普的手。它想被挠挠和安抚。

"对不起，米基，什么也做不了，"菲利普说，他冲着其他人笑了笑，"米基理解不了为什么我不用我的手抚摸它！它在拉我的手！"

米基发现了是菲利普身上的绳子绑住了他的手。米基很困惑：菲利普对绳子做了什么？为什么紧紧地绑着男孩的手？米基拽了拽绳子，又拉了拉绳结。

菲利普一动不动地坐着。"没错，米基，"他用亲切的声音说，"没错！你解开那个绳结，然后我就可以像你喜欢的那样抚摸你了！"

每个人都立刻竖起了耳朵，他们热切地看着菲利普："我说，菲利普，这可是米基，米基能做什么吗？"

"不知道，"菲利普说，"它反正也是闲着没事儿做。米基，试试看吧。把这些绳结解开!"

但是米基做不到。它的小爪子不够强壮,无法解开这些紧紧绑住的绳结。米基放弃了,但是它想到了其他办法!

它把嘴巴放在绳子上,用牙齿咬起来!

"米基,你在做什么?"菲利普惊呼,感到有湿漉漉的牙齿碰到了他的手腕,"天哪,比尔,这个聪明的小家伙在试着咬开绳结!"

每个人都一心一意地看着菲利普,他的脸上清楚地显露出他内心的想法。"没错,米基,咬开它!"他鼓励道,"真棒的小猴子! 不,琪琪,走开,不要打扰米基!"

琪琪飞到了菲利普那儿,站在他身后想看看米基在干什么。她看着米基。

"一,二,三,冲啊!"她说,听上去都像是琪琪在给米基加油。

"琪琪,过来。让米基在那里安心做事。"杰克命令道,琪琪顺从地回到了杰克身边。

"米基咬得怎么样了?"比尔问道。

"很好,我觉得。"菲利普回答,动了动手,看看是不是有点松动,"我觉得绳子不像刚才那么紧了。米基,继续。"

这是一个非常耗时的任务,但是米基很有耐心地坚持着。它一旦知道自己做的事是菲利普想要的,就会坚持不懈。比尔对菲利普和动物心意互通这件事感到很神奇。任何动物愿意为菲利普做任何一件事!

 它把嘴巴放在绳子上，用牙齿咬起来！

"绳子变松了！"菲利普告诉大家，"继续，米基，再咬一两口就行了！"

没错，在经过又一回合的耐心的撕咬后，菲利普猛地一拉，绳子就断了。他把松开的双手伸到前面，疼得呻吟起来。

"我的天，太疼了！米基，老家伙，谢谢，你做得非常棒。等我的手恢复知觉，我就来从头到尾地安抚你！"

绳子还挂在他的一个手腕上，绑得非常紧。菲利普用另一只手解开绳子。他伸展着麻木的手指，开始抚摸这只小猴子，米基满意地依偎在菲利普的胳膊旁发出咕噜咕噜的声音。

没人急着打扰菲利普，也没催他快点解开他们的绳子。每个人都明白，米基应该得到这份奖励。

"现在，差不多了，老伙计。"菲利普最后说，"我们必须去看看其他人，你也过来一起帮忙！"

菲利普把米基放在他通常待的肩膀上，从口袋里掏出一把小刀。虽然他的手指还是感到很僵硬，但是很快就恢复了知觉。菲利普拿出小刀，把它打开。

他割断了绑在脚踝上的绳子，然后试图站起来。他的双脚感到很麻，因为脚踝被绑得太紧了。等到他能够稳稳地行走，菲利普立马去了女孩那里。

菲利普用小刀割开绳子，露西安呻吟着感激道："哦，菲利普，太谢谢你了！这样好多了。黛娜，你的手还好吗？"

"有点僵，有点麻，"黛娜一边揉搓着手，一边说，"我可真想把艾普先生绑起来！我会把绳子绑得更紧的！这个混蛋！他绝对疯了。"

当每个人都被解开后，比尔发现自己最难站起来，因为他的脚踝被故意绑得非常紧，还有他的手。他花费了一些时间让血液顺畅地流通，但一开始真的非常疼。

每个人都围着米基，小猴很享受，轻柔地吱吱叫着。杰克留意着琪琪，她很嫉妒，正在伺机准备去啄一口猴子的尾巴。

"琪琪，你要是敢有什么诡计，我就把你绑起来。"杰克警告道，轻柔地拍了拍琪琪的嘴巴。琪琪把脑袋埋到翅膀底下，自言自语道："可怜的鹦鹉，可怜的鹦鹉，不要擤鼻涕，用你的手帕!"

"她真是不服气!"比尔边说边按摩着手腕，"我现在感到好多了。小家伙们，那些食物怎么办? 它们应该还在那里!"

杰克已经在去石柱的路上了。他让菲利普帮忙，因为他的脚踝还不能太使劲。杰克爬到上面，然后跳到石柱里面。他找了一下食物，石柱里面现在一片漆黑，因为没有了阳光。让他欣喜的是，他找到了一些面包和芝士。他朝菲利普喊：

"注意啊，菲利普，我把食物扔出来。"

菲利普等着接应。先扔出来的是面包，再是芝士和几包肉。"等等，那儿还有一些面包。"杰克喊道，又扔出了一些食物。

杰克再次爬了出来，咧嘴笑道："他们肯定太急着去找宝藏了，都没停下来理会台阶上的食物!"他说，"他们肯定看到这些食物了。"

"比尔，在这儿坐着吃饭安全吗?"露西安焦虑地问道。

"很安全，"比尔说，"我要在石柱这里坐着，我会对即将出来的人感到非常非常抱歉，因为我会守在这儿!"

第25章
夜里发生了什么

现在天色很黑了。太阳下山也已经过去了很久。孩子们一起坐在院子里，几乎看不清楚对方，只顾大口咀嚼着食物，他们都太饿了。

"我从来不知道面包和芝士是如此美味。"黛娜说，"事实上，我昨天还不觉得这个芝士有这么好吃，它有点太甜了。但是今天尝起来，它简直是人间美味！"

"只是因为你现在太饿了。"杰克说着，也分给琪琪一小块，"这是山羊奶芝士，对吧，比尔？我说，看看米基，它简直把自己塞饱了。"

"嘭，米基来了。"琪琪一如往常在恰好的时刻评价道，"一，二，三，砰！"

"小傻瓜。"杰克说，"比尔，你现在在想什么？"

"想很多事情。"比尔严肃地说，"我们真是度过了惊险刺激的一天。我正在考虑接下来的计划。"

"那些宝藏真的太棒了！"露西安双眼放光。

杰克现在当然已经听说了他们的冒险，心里很嫉妒，因为他是唯一一个没有见过藏着宝藏的密室以及各种奇珍异宝的人。他吃惊地听其他人描述，多么希望自己当时跟他们在一起。

"比尔，你的计划是什么？"菲利普问道，感觉在重获自由和饱餐了一顿后，终于可以思考事情了，"我认为今晚我们什么也做不了"。

"是的，我们不能。"比尔同意，"很明显，我们这一天经历的冒险已经足够多了，不要再冒什么险了。而且两个女孩已经睡着了，可怜的小家伙！"

他们也一样疲惫，寻宝的激动和经历的一切把他们彻底累坏了。露西安依偎在黛娜身边，紧闭着双眼。

"我现在也很困。"杰克说着，打了一个很大的哈欠，"我真想好好地睡上一觉！"

"比尔，无论如何，有什么我们能做的吗？哪怕是今晚就开始行动？"菲利普问道，也开始打哈欠，"我们没法离开！安德罗斯显然不会回来了，如果艾普先生拿坐牢威胁过他。毕竟他也只是一个普通的船夫！我猜测艾普先生还给了他很多钱，来弥补我们没有支付的费用。"

"没错，金钱和威胁能把安德罗斯打发得远远的，"比尔说，"无论如何，安德罗斯知道，艾普先生有自己的船，而且可能是两条船，因为他带来了人和货物。所以我们不会完全被抛弃在这里，艾普先生总能把我们带回去。"

"天哪，是的，艾普先生的船肯定在什么地方，是不是？"

安德拉的宝藏

菲利普异常清醒地问道，"比尔，我们只要找到那两艘船，就会没事的！我们是不是应该现在就四处找找，赶在那群家伙从地下回来之前？"

"不，今晚什么也别做了。"比尔坚定地说，"我计划明天来做这件事。当我们找到艾普先生的船时，我们就会没事的。现在听着，我会负责前几个小时的守夜，之后换你，杰克。再是你，菲利普。每两小时换一下，一直到明天早上。"

"我们要注意什么？我们是要注意那个亲爱的老家伙艾普探出脑袋，然后说'嗨，这儿！'嗯？"杰克笑着问道。

"没错。"比尔点亮了一盏提灯，它发出奇怪的亮光，"你们都累坏了，在没睡饱前也没法守夜。所以你们先睡，我等下叫醒你们。"

"好的。"杰克说完，在菲利普身边躺了下来，"我们就让这个强壮的老伙计先值班。事实上，我感觉我已经睡着了。"

"有人出现的时候你要怎么做呢？"菲利普饶有兴趣地问道，"在他们从洞里出来时，把他们的脑袋敲晕吗？"

"可能是的。"比尔说着点燃了他的烟斗，"你就别担心了。晚安！我在四小时后会叫醒你。"

比尔还没说完，两个男孩已经睡着了。比尔烟斗的烟草味在院子里萦绕。米基闻到后贴菲利普更紧了。它不喜欢烟草的味道。琪琪站在杰克身上，脑袋埋在翅膀底下。女孩们睡得很熟，一动不动，虽然她们歇息的地方非常不舒适。

比尔熄灭了提灯，整个院子里只剩下烟斗时不时出现的亮光。他努力思考着，把这两天发生的事情仔细地梳理了一遍。他玩味着艾普先生坚称小岛属于他，也很好奇另一个港湾的位置，那里也许停靠着艾普先生的船只。那些人在地底下怎么样了，他当然希望他们在"迷津园"里彻底迷路。

他在构思第二天的计划。他们得找到船，这是第一件要做的事情。但是那个小海湾究竟会在哪里呢？安德罗斯说过的第二个小海湾？可能它会在……

一个声响立刻打断了比尔的思考。他灭了烟斗，站起来，悄悄地靠近破损的石柱。他听着声音，很快确定是从地下传来的。

好吧，如果是那些人回来了，他现在可清醒得很呢！比尔捡起一块巨大的木头，他的眼睛整晚都没有离开过这块木头。它可能是门或是窗框的一部分。现在正好拿来当武器！

比尔站在石柱旁边，全神贯注地听着声音。一阵刮擦声传来，有人爬到了螺旋形台阶的最上面。突然，这阵声音停了下来。显然，石柱里现在有人。他在干什么？他好像在找什么东西。"食物！"比尔想到了，咧嘴笑了笑，"可惜没有了！"

一阵呜咽声传来，紧接着一个颤抖的声音低低地说道："杰克！菲利普！你们在吗？"

"为什么是卢西恩？"比尔有点惊讶，"好吧，他不可能是一个人！"

比尔又仔细听了听。呜咽声又响了起来，听起来很像一条可怜的小狗在叫。比尔没听见台阶或者其他地方传来什么别的声音，便打定了主意。他跳到石柱破洞的边缘，打开手电筒往下看。

卢西恩正站在他的下方，满脸惊恐地往上看，脸颊上全是尘土。他举起手来，仿佛觉得比尔要打他一顿。

"卢西恩！"比尔说，"你在这里做什么？其他人呢？"

"我不知道，"可怜的卢西恩抱怨道，"他们只把我带到台阶底下一个像地下室一样的地方，然后就不让我继续跟着了。他们说我必须待在原地等他们回来，不许捣乱。我叔叔说，要是他回来时找不到我，就杀了我。"

"那他们回来了吗？"比尔让手电光照在卢西恩脸上，问道。

"没有，他们都走了好几个小时了。"卢西恩哭诉道，"我不知道他们怎么了。我又饿又冷又累，不敢下去找他们，也不敢打开我的手电筒，我担心电池用完了。"

比尔相信了这个受到惊吓的小男孩的话。"快上来，"他说，"来，抓住我的手，跳。卢西恩，再试试，跳！你可以跳到这里的。"

但可怜的卢西恩不能。最后比尔只能到石柱里面，把卢西恩推出洞口。即使这样，卢西恩也还是差点摔倒在地，他实在是吓坏了。

卢西恩突然想到："我说，你们是怎么松绑的？你们不是全被绑起来了吗？"

"是的，"比尔冷冷地说，"我们确实被绑起来了。幸运的是，我们所有的人都挣脱了绳子。两个男孩在那里睡觉，女孩子们在附近。别吵醒他们，他们都累坏了。如果我们现在还被绳子绑着，你就得在石柱里待一整晚了。卢西恩，那可不是什么好事儿！"

"当然不是，"卢西恩颤抖地说，"我真希望自己根本没来这个可怕的小岛。谁知道还会发生什么？你要下去找我叔叔吗？你知道的，他肯定彻底迷路了。"

"我知道他会迷路的，"比尔说，"事实上，这对他有好处。你叔叔真是我目前为止见过的最疯狂的人。"

"没错，他是个可怕的人。"卢西恩同意，"他计划只要找到宝藏，就把你们全部丢弃在小岛上，全部人。然后自己走，带着更多的男人来这里搬运宝藏。"

"他想得可真美，"比尔说，"行了，小家伙，你也得睡会儿啦。明天你得帮助我们，弥补你那个混账叔叔犯下的大错。"

"哦，我很乐意帮助你们，"卢西恩立马说，"我是认真的。我是你们这边的，你知道的。"

"是的，我也希望你是。"比尔说，"你最好现在开始就是我们的人！"

"但我明天要怎么帮你呢？"卢西恩问。

"带我们去你叔叔的船停靠的海湾。"比尔立刻回答。

"没问题，只要我能记得它在哪里。"卢西恩有点焦虑地说，"我不是很擅长记路线，但我敢说我记得那个海湾。"

"你必须得记得。"比尔严肃地说，"好了，现在快去睡吧。但是别去男孩那边，就在这儿睡。记住，如果你那个疯子叔叔晚上出现了，你不可以对他做出任何警告和提醒。否则，你将会遇到一些不愉快的事情。"

　　"我已经告诉你了，现在开始我跟你们一个阵营。"卢西恩断言道，然后尽可能舒服地躺下了，"晚安，先生。明天见！"

第26章
第二天早上

四小时后，比尔叫醒杰克，几句话跟这个满脸惊讶的男孩交代了卢西恩的到来。"他现在不停地表示站我们这边，但你永远不知道这个蠢蛋会怎么做。"比尔警告杰克，"所以，你要盯紧他。如果你听到一点点从底下传来的声音，就立马把我叫醒！"

"好的，比尔。"杰克说着，立马清醒了，"我说，他们已经在底下待了很长时间了，对不对？他们肯定迷路了！"

"我真希望是的。"比尔说，"但我不信他们会永远迷路，虽然我们很希望是那样。那个'迷津园'并不是大得吓人。所以杰克，我先去睡会儿，你机灵点！"

杰克还是有点犯困，他很怕自己难以保持清醒，于是点起一盏提灯，在院子里走来走去。他用灯照着卢西恩，他已经完全睡熟了，一点没有动静。菲利普也睡得很香，至于两个女孩，几乎看不到一点点她们的脸，她们紧紧地依偎在一起。

琪琪陪着杰克在院子里四处走动。她知道自己得保持安静，所以说话的声音一直很轻。但她不擅长这样轻言细语，搞得杰克的耳朵直发痒。他忍不了了，便把琪琪从肩上拿下来，让她待在自己的一条胳膊上。

杰克守夜的两小时过去了，什么也没发生。他去叫醒菲利普，但他睡得太熟了，杰克花了好一会儿才把他唤醒。杰克一把他翻过去，菲利普就又睡着了，然后杰克把他翻回来，但菲利普还是紧闭着眼。

杰克脱下菲利普的一只鞋，挠他痒痒。这下可把菲利普弄醒了！菲利普直直地坐了起来，打量着杰克手中的提灯。

"你在……"菲利普说话的声音开始很大，杰克立马对他嘘了一声。

"嘘，笨蛋！你会把其他人弄醒的！抱歉，挠你的脚底，可谁让你怎么也喊不醒！现在轮到你守夜了。"

菲利普穿上鞋子，低声地抱怨着杰克的行为。米基也醒了，惊讶地望着周围，像是忘了自己在哪里了。

杰克小声地把关于卢西恩的事情告诉了菲利普。菲利普觉得很好笑。"所以卢西恩现在跟我们一伙！"他说，"好吧，他也不算个坏家伙，只是真的蠢极了！可怜的卢西恩，我猜他肯定吓死了！没问题，我会盯着他的。虽然老实说，他也没胆量做他不该做的事情。如果我们亲爱的艾普先生从石柱里探出脑袋来，我相当乐意用力把他敲晕。"

杰克咧嘴笑了一下。"行了，我去睡觉啦。"他说，"菲利普，去守夜吧！"

只是菲利普坐着守夜，他的眼睛总是想合上。他站了起来，就像杰克一样四处走动。要是在值班期间睡着的话，那可真是不可原谅。菲利普想知道现在几点了，他看了一眼手表，手表发出夜光，告诉了他时间——已经是早上五点了。菲利普望着东边，晨曦已经给天空镀上了一层银色。

在菲利普守夜的两小时快结束时，又传来了声响。这时太阳已经升起来了，到处都被照得亮堂堂的，一切都是那么干净、新鲜又美丽。菲利普正享受着第一缕阳光的温暖时，听到了响动。

他竖起耳朵，米基吱吱地轻声叫唤。"嘘！"菲利普说，"让我听听。"米基立马安静了。

这个响声又来了，是靴子踩在石头上的摩擦声。艾普先生他们要上来了！菲利普想到，他赶紧跑去比尔睡觉的地方——比尔把脸埋在院中的草堆里："比尔！快醒醒！他们要来了！"

比尔立马醒了过来。他跳了起来，睡意全无。杰克也醒了，两个女孩子也是。只有卢西恩还在睡觉，但没人注意到他。

比尔跑到石柱那里，从菲利普手里接过楔形的木头。"往后站，"他对两个女孩说，"我不希望待会儿遇上很大的麻烦，但谁说得准呢。我可不会坐以待毙，就这么站在这里等待艾普和他的同伙。"

比尔待在石柱的洞的破碎边缘下面。他仔细听着动静。声音从下面传了上来。显然是有人现在在石柱里面，沿着螺旋形台阶正在往上走。比尔听到他们在说话，但一点也听不懂。

但是，比尔认出了艾普先生的嗓音，紧紧握住手中的那块

225

木头！艾普先生停下来站着，听到有人在台阶上面对他喊话。他用一个低沉的声音回应道：

"卢西恩？是你在那里吗，卢西恩？"

卢西恩明明在这里啊，而且完全睡着了，当然没法回答。艾普先生再次轻声喊道："卢西恩！"

比尔用一种冷酷的声音代为回答道："我在这里呢，是比尔·坎宁安，我等你好久了！艾普先生！你只要敢出来，我就拿手里这个武器把你打回去！"说着，比尔用力在石柱上敲出巨大的声响，所有人都被吓得跳了起来，卢西恩被吵醒了。

石柱里面陷入了一阵死寂。接着，又传来一阵摩擦的声音，好像是有人在往台阶上走。一些声音在低声交谈着。

"你们怎么挣脱绳子的？"再次传来艾普先生的声音，"是卢西恩把你们解开的吗？他不在下面。"

"不是他。"比尔说。

那些声音又交谈起来。艾普先生急切地喊道：

"坎宁安先生！我的人告诉我他们刚才在底下发现了卢西恩，伤得很严重。卢西恩需要帮助，让我们快点出来吧。"

这可真是令人惊讶的消息，特别对卢西恩而言，他吃惊地张大了嘴巴。卢西恩正准备说话，

安德拉的宝藏

杰克推了他一把，示意他保持安静。让比尔来处理！

"真是很抱歉，艾普先生，"比尔说，"你把他送上来，我们会照顾卢西恩的。但是你们必须给我待在下面，没得商量。"

又是一阵低低的交头接耳声。艾普先生又说：

"我必须请求你让我们和男孩一起上来。他真的伤得非常严重。我为他感到很痛苦。"

大家看着卢西恩的脸，黛娜几乎要笑出声来。比尔立即回应：

"什么都别说了。除了卢西恩，你们谁也不许上来。快把他送出来。"

因为卢西恩非常安静地坐在院子的草地上，艾普先生根本不可能把他从石柱里送出来。露西安对黛娜耳语："他真的不算是个会讲故事的高手！"

比尔开始懒散地用木头敲打着柱子。"看来你不想跟卢西恩分开啊，"他喊道，"但我警告你，你们谁只要从石柱的破洞里一出来，我就狠狠地打！"

哪，哪！比尔拿木头敲打着石柱。艾普先生可不喜欢这样。他不是一个很勇敢的男人，不难想象他在石柱里面的感受！

"那我们能吃点东西吗？"艾普先生最后又喊道。

"不行，"比尔无情地喊道，"这些食物都不够我们自己的早餐。"

根据那些摩擦声判断，艾普先生和他的同伙已经决定返回台阶下面商量对策去了。比尔抬头示意杰克：

"把剩下的食物分给大家。我站在这里，防止万一他们又试图出来。我估计还得跟他们周旋一两次，但不管发生什么，我不会让他们冒出来的。"

杰克和菲利普分发了食物。比尔大口嚼着分给他的那部分食物，眼睛和耳朵还是时刻对破损石柱那里的动静保持警觉。但是什么声响也没有。

结束令人相当不满意的一餐后，比尔招呼几个孩子过来。"现在，你们听好了，"他用很低的声音说，"你们也看到了，我必须守在这里。你们现在需要做的，就是跟着卢西恩找到停靠小船的另一个小海湾，属于艾普先生的那个。但是当心一点，万一船上还有他带来的其他人。"

"两条船上各有一个男人。"卢西恩说。这是令人失望的消息。比尔又想了想。

"行了，首先要做的事就是找到停靠着小船的海湾，"比尔说，"不要逞强。找到海湾，这样我们就知道了逃跑的路线，然后回到这里。希望那个农场男孩在十二点左右会带着更多的食物过来，他通常这个点会出现。"

"我们可以来解决食物问题。"杰克说。

"我们亲爱的艾普先生和他的同伙也可以，"菲利普笑道，"比尔，在找到小船和海湾后，我们下一步做什么，回来报告给你？"

"我们把卢西恩送下去，假装是他叔叔的意思，告诉船上的两个男人，让他们到岛上来，"比尔说，"这样我们就可以跳进船里，坐船离开！"

"但是，我说，你会撞到岩石的！"卢西恩立马断言道，"来这些小岛，不能没有认路的水手带路。否则船会出事的！"

这的确是要面对的问题。比尔又想了想。

"等到那时候，我们再来想应对的办法吧。行了，现在，你们赶紧出发去找海湾吧，卢西恩，快带路。"

卢西恩满脸疑惑地沿着倾斜的城市道路往下走，然后在半路左转。

"你看上去认路啊。"杰克赞许地说。卢西恩不安地看着他。

"我不认路，"他说，"我在这方面完全不行。我永远没法在任何地方找到自己的路。我完全没一点方向感。我应该找不到那两艘船！"

第27章
意外访客

卢西恩真是对极了。他果然不认路，他找不到那两艘小船。他感到完全没了希望，只是这里看看那里看看，往海边走，但是到了一个全是岩石的海滩，一艘船都没看到。

"你真是个笨蛋。"杰克厌恶地说。

"笨蛋！"琪琪很满意这个词，"笨蛋！去看医生。"

这次没人笑得出来。他们全都很失望，对可怜的卢西恩充满了厌恶的情绪。卢西恩简直快哭了。

"这不是我的错，"他抽泣着说，"如果我知道这会很重要，我在来的路上肯定会留意的。但是我那时候不知道事情会发展成这样。"

"快瞧瞧，你再呻吟的话，我就把你推进兔子洞里，然后用海草塞满你的嘴巴。"杰克嫌弃地说。卢西恩惊恐万分。

"如果我能够记得……"卢西恩闷闷地说，"但我已经告诉过你们了，没人能够在没有认路的水手带领的情况下来往这些岛屿。在海平面下面有成千上百的暗礁，即使是很有经验的水手都会觉得在这一带航行很困难。我知道这个情况是因为我经常跟着叔叔来这些岛屿。"

杰克看着卢西恩。"行了，我相信你说的话，"他说，"我不应该想着在没有认路的水手的情况下，自己驾船。天哪，我们现在完全被打败了。没有船，而且就算有船，也会触礁失事。未来真是完全没指望了!"

露西安眼前很快浮现出一个画面：艾普先生和他的同伙，还有比尔和孩子们，永永远远地留在了泰弥斯岛上! 她长长地叹了口气。

"我真希望我从没买过那艘被放在玻璃瓶里的小船送给菲利普，"她说，"要是我知道它会带给我们一场冒险的话，我早就把它扔掉了!"

他们只能往城里面走。杰克走到半路，停了下来，抬头看天空。"这是什么声音?"他问道，"听上去像是飞机的声音!"

他们全部停下脚步，努力分辨着，寻找飞机的踪迹。很快，它出现在了大家的视野里，仿佛是从北边过来的一个小黑点。

"可惜我们没法发出求救信号，"黛娜说，"不过，无论如何，我得试试摇一下我的手帕!"

她掏出一块小手帕，让其他人感到好笑的是，她开始大幅度地在空中挥起手帕来。

"你哪怕有一瞬间真的觉得飞机能看到你这块小小的脏手帕，然后下来找我们?"菲利普质疑道。

"这很难说。"黛娜继续剧烈地挥动着手帕。

"你真是太胡闹了。"菲利普说。黛娜狠狠瞪了他一眼。留黛娜一人在原地疯了似的挥动手帕，其他人继续往前走，虽然视线还是离不开飞机，现在它已经飞到小岛上空了。飞机飞了过去，然后做了一个很大的盘旋，又飞了回来！

"它一定是看到我的手帕了！"黛娜尖叫道，"它飞回来了！"

"别像个蠢驴，"菲利普还是不信。但是飞机的的确确飞了回来，在小岛上空又做了一个盘旋。

"那里有一个飞机可以降落的平台。看！看！"黛娜对着飞机大声喊叫，觉得它会听到自己的声音，"下来这里！哦，不要错过！"

飞机向下俯冲，又绕了过去。它好像看到了黛娜喊叫指着的那个平地，然后尽可能慢地下降。它的轮子碰到了地面，看上去无比粗糙的地面好像会让飞机向前跌一跤。这是令人难以置信的，但是飞机稳稳地停下来了。

黛娜满脸通红地看着其他人："看见没！它看到了我的手帕，它听到了我的呼喊！"

其他人很高兴地盯着飞机看。"来的人一定不是艾普先生的朋友，"菲利普说，"一定是过来找我们的人。走，去看看！"

他们飞快地从粗糙的道路上跑过去。他们看到两个男人从飞机里出来，男人对着孩子们招手，过来跟他们碰面。

露西安眼尖，最先认出了他们。"是蒂姆！"她尖叫道，"蒂姆，比尔的朋友。另一个跟他一起的，难道是安德罗斯，那个船夫？"

露西安一点没说错。就是蒂姆，他旁边的就是那个害羞的安德罗斯。蒂姆朝他们打招呼。

"哈啰，哈啰！比尔呢？你们一切都好吗？安德罗斯过来找我，说了一个疯狂的故事，所以我决定亲自过来调查看看！"

"是的，比尔说得没错！"杰克大喊，高兴地抽出蒂姆的手臂，见到他开心极了，"我说，见到你真是太好了。安德罗斯把关于我们的一切都告诉你了吗？"

"他告诉我一个非同寻常的童话故事。"蒂姆说，"显然，他自己也消化了一两天，然后才决定告诉其他人。当他看到我在码头周围寻找你们几个的时候，他认出了我，然后上前跟我说话。他说自己把你们带去了泰弥斯岛，你们下船后，他就打盹等你们。"

"没错。"杰克说。

"然后有人过来了，粗暴地把他叫醒，说他没有权利待在这里，威胁要把他送进监狱里。"蒂姆说，"安德罗斯说他留了一队人在岛上，一个男人四个小孩，一只鹦鹉和一只猴子。那个人生气极了，说这个岛是他的，如果安德罗斯不马上滚的话，就会立马把他抓起来。"

"艾普先生显然气急败坏了。"杰克说。

"安德罗斯提出，那队人还没付给他船费，于是那个男人倒出很多钱给他，又指了指左轮手枪。于是安德罗斯就逃走了，安慰自己说这个男人也有船，会把你们也全部带回来的。安德罗斯，事情是这样吧？"

"我没听懂，先生，"安德罗斯说，"坏人在这里。非常坏。

安德罗斯很抱歉，先生。"

"好了，现在该你们来说说童话故事了。"蒂姆对杰克说。这几个孩子开始滔滔不绝地说起这两天的遭遇，简直让蒂姆惊得合不上嘴。天哪，这是怎样的故事！他一生中从没听过这样的故事。

蒂姆很快理解了一切事情，咧嘴笑着想象老伙计比尔耐心地站在破损的石柱边上，等着对付即将出来的艾普先生和他的同伙。

"我也不介意去对付他们，"年轻的蒂姆高兴地说，"重重一击，砰的一声，非常棒！"

"哦，蒂姆，你太好笑了！"露西安咯咯笑起来，"我很好奇比尔是不是已经这样重重打了他们。"

"如果他已经打了，我希望被打的那个是艾普先生，"蒂姆笑着说，"行了，现在我们有什么计划吗？"

"我们得找到另一个海湾和那两艘船，"杰克说，"这是首先要做的事。然后我们得设计把船上的两个男人骗出来。接下去我们还得找到知道怎么在遍布暗礁的海域航行而不触礁的人，跟我们一起坐船安全离开。"

"安德罗斯知道另一个海湾的位置。实际上，我也知道，"蒂姆说，"我从飞机上看到的，小船在那儿停放着。安德罗斯和我都看到了那两个男人。"

"不，我们想到了一个更好的骗开他们的办法，"菲利普告诉蒂姆，他们计划让卢西恩假传他叔叔的消息给那两个男人。

蒂姆点点头。

"没错，这个办法确实好。不需要去和他们硬碰硬。不过我并不在意，但我不确定我们这位朋友。他不是那种严厉的人。"

"我觉得在那之前，咱们最好回去看看比尔的情况，"杰克说，"而且我们也不想现在就骗走船上的两个男人，让他们去石柱那里找比尔的麻烦，那就不太好了。走吧，我们先回去找比尔。"

于是，他们就出发了，琪琪愉快地叫唤着，知道孩子们现在都感到很雀跃。"先生啊先生，"她对安德罗斯说，"先生啊先生！"

他们回到了神庙的院子，比尔盯着蒂姆，吃惊极了。"哈喽！"他说，"我的天，所以我刚才看到的小岛上空的飞机就是你的。我没想到它会飞到这里来，但我希望它降落在了岛上。真走运，你遇到孩子们了。我猜他们已经把故事都告诉你了吧。"

"没错，一字不漏。"蒂姆笑道，"你真是冒了很大的险啊，对吧？石柱底下的家伙们有什么麻烦吗？"

"就是刚才打了一两下，"比尔说，"但没打在艾普先生头上，真是不幸，恐怕是他的一个同伙。从那时起，除了眨眼皮的声音，我再也听不到底下有什么响动。"

铃铛的声音开始在废弃的街道上回响起来："当、当、当！"

"小猫咪掉井里！"琪琪叫道，突然记起铃儿叮咚响，"谁把她放进去的？谁把她放进去的？"

"这铃声是什么？"蒂姆吃惊地问道，"我们上学迟到了还是怎么了？"

"别犯傻了！"露西安大笑起来，"那是我们的食物来了，每天在固定时间过来。我真是太高兴了，我自打早餐后就一直饿着肚子。"

蒂姆惊讶地看到，一个顽童骑着两边挂着篮子的毛驴过来了。比尔没有离开石柱原来的位置，他把钱交给杰克去支付食物的费用。男孩搬空篮子，对着蒂姆眨了一下眼睛，再打了一下米基。米基立刻还手，而且它比那个小淘气打得准。"哈！"小男孩厌恶地说。

"哈！"琪琪附和道，"哈！当当当，去追爸爸哈！"

小男孩惊奇地看了一眼琪琪，爬上了驴背。他对琪琪说了一串话，琪琪立马模仿，最后还不忘加上发令枪响。驴子惊恐地抬起前蹄，站了起来，然后带着小男孩飞快地逃走了。

"你总有一天让我笑死，琪琪。"比尔笑到无力，"现在，杰克来把食物分一下。我觉得我们最好也扔一些食物到石柱下面去，否则我们的朋友们就饿死了！"

幸好，小男孩带来了非常多的食物，所以每个人都得到了很多。比尔对着石柱下面大声地喊道：

"如果你们要食物，得有人上来拿。别想着要好笑的诡计，不然你们什么也得不到！"

显然有人上来取走了比尔扔下去的面包、芝士和肉，比尔还扔了一些水果下去，觉得那些人估计跟自己一样渴坏了。石

237

柱底下的人连一句感谢的话都没说，食物被拿走后，一点声响也没有。

"不知道他们是不是找到了宝藏，"杰克用力咀嚼着说，"真希望我也见过宝藏！我敢说如果我现在不下去看看的话，将会成为我一生的遗憾！"

第28章
逃走

　　吃东西的时候，他们定好了计划。"蒂姆，我希望你开飞机先把两个女孩子带走，"比尔说，"我不希望任何人在这里暴露在不必要的危险中了。安德罗斯，我们一旦摆脱了船上的两个男人，你就占领其中一艘更好的船，带着我们剩下的人离开。"

　　"比尔，什么？你的意思是我们走了，还要给那些恶棍留一条船逃跑用吗？"杰克愤慨地叫道。

　　"不是，我正准备问安德罗斯，他是否愿意拿掉另一艘船的发动机里的一些零部件，这样就算他们想逃也逃不了，"比尔笑着解释道，"我认为最好是把这些犯人留在岛上，直到我们上报这件事，查明艾普先生是不是真的买下了这座小岛。如果他真的买了，他当然处在一个强势的地位，我们说什么也没用。"

　　"他总是买卖岛屿，"卢西恩插嘴，"我推测他已经买下了这座小岛。他很清楚这类事情。"

　　"也许你是对的，"比尔说，"卢西恩，你想跟我们一起走吗？还是留在这里，等你叔叔从石柱里出来？"

　　卢西恩的选择是毫无疑问的。他当然要跟比尔和其他人一起走！

饱餐一顿后，所有人都感觉好多了。蒂姆带着两个女孩子去飞机那儿。临走前，她们都跟比尔拥抱，请比尔自己要保重。

"我会听到你们汽艇发动引擎出发之后再起飞的，"蒂姆说，"咱们暂时先拜拜啦。女孩们，我们走。我简直无法想象，当我们降落到机场的时候，人们会说什么。你们浑身脏兮兮的，像是小虫子似的！"

安德罗斯、卢西恩、杰克和菲利普出发去小船那里。他们决定好让卢西恩出面去给船上的两个男人传递假消息。卢西恩会告诉他们，艾普先生需要他们去神庙的院子，然后告诉他们过去的路线。比尔一旦看到他们过来了，他就离开自己守着的破损石柱，避开这两个男人的视线，跑到小船这里来。

"然后我们很快跳进其中一艘船，出发，离开这里！"杰克愉快地说，"让艾普先生看看！"

由安德罗斯带路，他很清楚另一个海湾在哪里，虽然他觉得这个海湾不如他之前带比尔他们过来时停靠的那个。当他们快要靠近小船时，其他人都躲到了灌木丛后，由卢西恩独自上前。

卢西恩很紧张，但努力不表现出来。他走到小船跟前，大声喊道："喂，这里，你们人在哪儿？"

两个船上的男人都走出来了。卢西恩开始用希腊语大声说着什么，两个男人听了点点头。他们跳出小船到沙滩上，然后往岸上走。卢西恩将前往神庙的路指给他们看。

"我希望卢西恩告诉了他们正确的路线，"杰克心想，记起那天早上无助的卢西恩多么努力地想要找到小船停放的地方，"让我们祈祷这一次卢西恩能够指对路吧。"

两个男人很快就不见了。安德罗斯快速地跑到船那边，他选了两艘船中小一点的那艘，觉得更好。他去另一艘大一点的船上胡乱地拆开它的发动机，从里面取出一些零部件，砰的一声，扔到他选中的船上。

他对两个男孩笑了笑。"这艘船，现在没用了，"他说，"发动机坏了。我们要快点上船。"

他们全部上船后，安德罗斯检查了一下这艘船的发动机，小船很快就可以启动了，他立刻把它停下来。

男孩们都在担心比尔的情况现在怎么样了。他有被两个船员看到吗？他现在是不是躲开了其他人，正在赶往小船这里呢？杰克和菲利普希望情况如此。

突然，他们听到喊叫声，立刻在船里站了起来。那是什么？

比尔正以最快的速度往这边冲过来。在他身后，两个男人也以很快的速度在追赶。安德罗斯反应很快，立马发动小船的引擎，叫两个男孩在比尔快到的时候把他拉上船。

比尔满脸通红、气喘吁吁地跑到了船边。两双早已准备好的手将他拉到船上，几乎在比尔一落到甲板的那一刻，小船就离开岸边出发了。发动机在平静的海湾发出巨大无比的噪音。

两个男人生气地大喊着，立刻跳进另一艘小船。安德罗斯坏笑了一下，比尔见状立马明白了，另一艘已经没用了！

比尔正以最快的速度往这边冲过来。在他身后，两个男人也以很快的速度在追赶。

不管怎么努力，另一艘小船也发动不了，它的发动机已经彻底损坏了。那两个男人这才意识到，安德罗斯肯定对船的发动机动了什么手脚，他们站在船上，挥动着自己的拳头，喊着让人没法理解的话。杰克和菲利普非常享受这个场景，但可怜的卢西恩害怕得脸跟一张白纸一样。

"行了，我们出发了，"比尔说，终于喘过气来，"我的天，我能逃出来真是侥幸。我正望着那两个男人什么时候出现，结果他们从出乎意料的地方冒了出来。他们肯定猜到了其中有诈，因为他们突然抄近路，追得我很紧。幸好安德罗斯告诉了我所有通往海湾的方向。我差点就迷路了。"

"艾普先生和他的同伙们有什么动静吗？"杰克问道。

比尔摇摇头说："但他们听到外面的喊叫声，我猜现在应该已经从石柱里出来了，正在到处找我们吧。他们很快会跟船上那两个男人会合，然后他要教训那两个从船上擅离职守的男人，给了我们逃跑的机会。我估计艾普先生也想了不少要教训卢西恩的话，因为他给了船上的人假消息。"

卢西恩虚弱地笑了笑，但脸色还是很苍白。"我应该会被狠狠揍一顿的。"他说。

"你不会被打的，"比尔说，"我知道。回到飞机场所在的那个岛上后，我会给你叔叔一些教训的。艾普先生会发现自己陷入了一个很大的麻烦里。我才不管他到底有没有买下小岛，他是个流氓。"

这时，飞机的引擎声引起了他们的注意。"是蒂姆的飞机！"

杰克叫道，在小船上站起来，朝它挥手："嘿！这里，蒂姆！"

飞机往下俯冲了一些，琪琪吓得叫了几声。米基捧着脑袋躲在菲利普的胳膊底下。男孩们高兴得大叫起来："再见，一切好运，蒂姆！女孩们，我们一会儿见！"

大概晚上六点的时候，汽艇到达了飞机场所在的小岛。他们第一眼看到的就是维京之星，它还是静静地停靠在那里。然后他们看到了码头上的蒂姆，他的身边是两个女孩！他们早就到了，已经饱餐了一顿，然后在码头等待他们。

"我已经去找过警察了，"蒂姆说，"告诉长官，你有事情要报告，他愿意一直在办公室等你。他可被气坏了，因为这地方不经常发生这样的事情！"

比尔听完后，大笑起来："我猜这个报告还得被转去本土处理，但是安德罗斯是来自这儿的，艾普先生也是从这里租的船只，如果他真的买下了小岛，很可能见的是这里的律师，所以最好还是先跟这个岛屿的长官汇报情况。"

警长是一个短小精干的男人，一张智慧的脸上有一双锐利的眼睛。他的英语也说得很好。他很激动，觉得比尔可能有非常重要的消息要告诉他。

警长全神贯注地听比尔讲述这个奇妙的故事，时不时地问一些问题。孩子们也补充了一些细节。他听到宝藏的事情后，差点从椅子上掉下来。

"我们必须查明这个叫作艾普的男人是不是真的买下了小岛。"他表示，"我知道他，他总是买进岛屿再卖出去。我不喜欢他，他简直疯了。"

这时，很多电话声音响起来，其中有一些是无聊的琪琪在模仿着说"哈啰"，还说了"先生"和"一，二，三，砰！"

最后，这个身形矮小的警长对着比尔，眼睛里发光："保罗·艾普确实试图购买这个小岛，但是这个小岛是不出售的。泰弥斯岛不是他的，是属于我们政府的。"

"太好了！"所有的孩子一起欢呼起来。

"艾普先生这下得很紧张了吧！"黛娜说。

"我希望他不会染指那里任何一件珍贵的宝藏，"警官说，"他不是一个诚实的人。"

"他不会，"杰克说着咧嘴一笑，"安德罗斯已经破坏掉了岛上唯一剩下的一条船，艾普先生没法乘船离开。他成了那里的囚犯，他的那几个同伙也是。"

"很好，我认为这样相当好，"矮小的警长眼神放光。他转身对比尔说："如果您能提供一份报告，一份非常详细的报告给我，那就太好了。我把它转交给本土，对此，我将非常感激。孩子们也应该读一下报告，然后签字。安德罗斯也应该在提到他那部分贡献的地方签字。"

"没问题，"比尔说，立马着手去做，"事情就是这样。我跟这四个孩子经历了激动人心的冒险，但是如果我们也能得到一点点宝藏，那是最好了！"

"先生，这是你们应得的，"警长真诚地说，"我个人是这么认为的。我觉得我们政府也将非常荣幸地允许您从中选择任何想要的物品。"

"我要雕刻精美的匕首!"菲利普立刻说,"天啊,学校里的伙伴们看到了会怎么说呀!"

"走吧,"比尔说,"我们现在得回'维京之星'号了,带上蒂姆跟我们一起去吃晚饭。我要好好洗个澡,刮一下胡子,饱餐一顿,在一张舒适的床上好好睡一觉。"

于是,他们所有的人高兴地登上了"维京之星"号,兴奋地说着发生的事情,不知疲倦。

第29章
皆大欢喜

晚上，"维京之星"号再次起航了。比尔没有听见引擎启动的声音，五个孩子也没有听见。琪琪醒了，把头从她的翅膀下面伸出来，又缩了回去。

游轮又一次在海上航行了，大家都很惊讶。现在，他们将前往意大利。"哦，天啊——我们已经离宝藏岛很远了！"露西安懊丧地说。

"别骗人了，"杰克说，"你明明很高兴能逃离那里。"

"是啊，我知道，"露西安说，"我只是不高兴丢下那些宝藏。"

"我可没见着那些宝藏，"杰克提醒她，"我觉得我有点受够了——我们正准备寻宝的时候，琪琪这个傻瓜心血来潮，从我的肩膀上飞走了！傻瓜！"

"傻——瓜，"琪琪愉快地模仿杰克说话，"美——味！"她飞了下来，盯着一盘葡萄。

"不行，不可以，"杰克说着把葡萄从她面前拿走了，"傻瓜可没有美味可以吃。而且，你已经吃了两百颗葡萄啦。琪琪，你真是个贪吃的家伙!"

"我猜剩下的航程一定会像一潭死水一样无聊。"菲利普说,他盯着船舱梳妆桌上的那只刻着字的小船看,"天啊!当我们在里面发现宝藏地图的时候,我们是多么兴奋啊!比尔说我们得把地图交给希腊的博物馆,但我们可以留着重画的那张地图,就是我们用的那个。只要我们能把它从艾普先生那里拿回来!"

"我想知道妈妈知道了这一切后会说什么,"黛娜突然说,"她肯定会对比尔大发脾气,对不对?她不会再跟他说话了!"

"好吧——那也就意味着我们再也没法见到他了!"露西安一想到这里,吓坏了,"我很爱比尔。我真希望他是我的父亲。没有父亲或没有母亲很可怕。黛娜,你和菲利普很幸运。尽管你们没有父亲,但你们有一个好妈妈。"

"但你跟我们一起共享我们的妈妈呀,不是吗?"菲利普立刻说,"你管她叫艾莉阿姨,但她对你就像是亲生妈妈一样。"

"我知道,艾莉阿姨很爱我们。"露西安说完,没有再说什么。她在担心比尔。如果艾莉阿姨真的像她自己说的那样,因为比尔让孩子们陷入了危险之中,就再也不跟比尔讲话,那该怎么办呢?那真是太可怕了。

离开这些浪漫的小岛真是一件让人恼火的事情,尤其是他们刚刚经历了一场如此精彩的冒险——所有的孩子都想知道接下来发生了什么。艾普先生做了什么?他怎么样了?他最终是怎样离开那个岛的——或者,他还待在那里吗?还有宝藏呢?那些藏在古老的废墟之城地下深处的圆形藏宝室的辉煌而神奇的宝藏。

比尔答应孩子们会告诉他们他听到的消息，他跟孩子们一样好奇！"维京之星"号在那不勒斯停泊，然后去了西班牙。在那里，比尔得到了第一条消息。他立刻来到孩子们面前。

"你们听了应该会很高兴，艾普先生和同伙几个怎么都没法离开那座小岛。他们简直要疯了。警察派了一艘船过去，在那里逮捕了整个团伙。艾普先生吓了一大跳！"

"宝藏怎么样了？"黛娜焦急地问。

"它们从圆形的石室中被取了出来，送到了希腊本土进行检查和估价。他们会送一份物品清单给我们，我们每个人都可以选一样纪念品！"

"天啊！"杰克大喊，"跟菲利普一样，我想要一把匕首。我猜女孩们一定想要珠宝。"

"它们是安德拉的宝藏吗？"露西安问。

"好像是，至少他们是这么认为的。"比尔说。所有人的目光都落在梳妆桌上的小船上。它扬着风帆，立在那里，船身刻着它的希腊名字：安德拉。好一艘神奇的冒险船啊！

"卢西恩将会怎么样呢？"黛娜问。卢西恩还在"维京之星"号上，但这次是跟他们在一起，而不是他的叔叔和阿姨！他的阿姨哭得歇斯底里，坚持要留在机场所在的岛上跟她的丈夫在一起。比尔提议由他把卢西恩带回英国，让他跟同一个学校的朋友待在一起，直到他能够回到学校为止。

"之后的假期，卢西恩会去其他亲戚那里，"比尔说，"也就是说，我们偶尔还能招待他一下。我为那个孩子感到遗憾。"

大家静静地没说话。"当你由于为某人感到遗憾而不得不做一些你不想做的事情时，这感觉可真糟糕。"露西安叹了口气，"我不知道艾莉阿姨愿不愿意招待他。还有，比尔，你觉得她会不会对这一切大发雷霆？我的意思是，对这次冒险。"

"我想她会的，"比尔说，"我在意大利给她打电话时提到了一点点。也许我应该等我当面见到她的时候再说。她肯定会非常不高兴。"

"天啊，那我们在剩下的假期里可不好过了。"露西安说，"我不喜欢艾莉阿姨生气或郁闷的时候。而且，为了照顾波莉姨妈，她肯定很累。我真希望这次旅程能结束得很愉快，而不是很糟糕！"

当"维京之星"号结束了漫长的旅程，终于抵达南安普敦时，每个人都十分高兴。经过了旅程中那段激动人心的冒险后，一切又变得非常无聊乏味。能够再次回到陆地，回到家里真好。曼纳林夫人没有来接他们，她提前一天离开波莉阿姨，回到家里为迎接孩子们做准备。卢西恩将要跟他同一个学校的朋友待在一起。孩子们要坐比尔的车回家。

即将分别的时候，卢西恩显得很难过。他跟每个人握手，结结巴巴地说"再见"。"再见——我真希望我会再次见……见到你们。我度过了一段，一段愉快的时光。呃，我很抱歉，做了那些你们不喜欢的事情，还有……呃……"

"呃，呃，呃，"琪琪快乐地模仿着，"哈！去叫医生。呃，

安德拉的宝藏

呃，呃，呃，呃，呃……"

"闭嘴，琪琪，老实点。"杰克懊恼地说。但是卢西恩并不介意。

"我会想念老琪琪的，"他说，"还有米基。再见，米基，呃，你们所有的人，偶尔也想想我。"

他几乎是跑着离开他们的。露西安忧虑地盯着他的背影。"可怜的卢西恩，他都快哭了。"她说，"他真的是个好心的，呃，好心的……"

"傻——瓜。"大家一齐说。琪琪也跟着喊："傻——瓜！去叫医生！"

"好啦，他是个好心的傻瓜。"露西安说着坐回了车里，"现在该回家了，亲爱的艾莉阿姨。我要给她一个大得吓人的拥抱！"

尽管曼纳林夫人对比尔表现得很冷漠，但她见到孩子们仍然十分高兴，她为他们准备了很棒的茶点，琪琪开心地叫唤着，因为看到她和米基也各有一个装着美味的水果沙拉的盘子。

"一，二，三，冲啊！"琪琪说完，安静地吃了起来，但始终留意着米基的盘子，希望能从中抓一点吃。

吃过茶点后，大家都在舒适的客厅坐下来，比尔点起他的烟斗。孩子们觉得，比尔看上去很忧愁。

"艾莉，"他开口说话，"我猜你还是想知道发生的一切，关于去寻找安德拉宝藏的经过。"

"我们好几次都侥幸逃脱，"杰克爱抚着琪琪说，"艾莉阿姨，你会想听的，琪琪狠狠啄了艾普先生的耳朵两次！"

他们开始讲这些故事。曼纳林夫人吃惊地听着，眼神一直没有离开放在壁炉架上的雕刻精美的小船，菲利普一回家就骄傲地把它放在了那里。

"事情经过就是这样了，"在大家讲完故事后，菲利普问，"您觉得怎么样呢？"

曼纳林夫人没回答菲利普的问题。她看着比尔，但比尔不敢看她的眼睛，只是把烟斗里的东西在壁炉边敲打出来。

"比尔，"曼纳林夫人失望地说，"你答应我的，但你却食言了。我应该永远都不再相信你。你信誓旦旦地跟我保证，不再让孩子们陷入任何冒险。如果我不是因为信任你，也不会请你帮我照看孩子们。我以后再也不能信任你了。"

"艾莉阿姨！你不再相信比尔，是什么意思？"露西安愤慨地喊道，她走到比尔身边，伸出手臂抱住他，"你难道看不出来吗，他是世界上最好、最值得信任的人？"

曼纳林夫人忍不住大笑："哦，露西安，你怎么突然这么激烈。每次我只要让你们单独和比尔一起，你们总是会陷入什么可怕的危险里，你自己也清楚的。"

"那为什么您不能和比尔一起跟我们待在一块儿呢？"露西安要求道，"我不明白为什么你们不能结婚，这样我们就既能有比尔，又有您时刻留意，不让他带我们去冒险。"

比尔爆发出巨大的笑声。曼纳林夫人也大笑起来。孩子们面面相觑。

"我说！"菲利普迫切地说，"这可真是露西安古怪的想法！那样我们就能有一个父亲了，我们所有的人！我的天，试想有比尔作为我们的父亲，其他男孩子会嫉妒我们的吧？"

　　比尔停下了大笑，认真地看着四个眼神迫切的孩子。然后他看向曼纳林夫人。他诧异地抬起眉毛。

　　"艾莉？"他用奇怪的安静的声音说，"你觉得这是不是一个好主意呢？"

　　曼纳林夫人看着他，然后笑着看着四个孩子。她点点头："是的，比尔，是个非常好的主意。我很惊讶，我们俩之前从没这样想过！"

　　"那就这么决定了，"比尔说，"我会带着这四个孩子，而你负责看管我不把他们带去任何冒险里，艾莉，你这是同意了吗？"

　　"哇！这次冒险有一个无比完美的结尾！"露西安深吸一口气说道，她的眼睛像星星似的闪闪发亮，"老朋友比尔！哦，我现在太高兴了！"

　　"天佑吾王，"琪琪激动地说，"鹦鹉去请医生，叫人把水壶拿来。砰，去追黄鼠狼！"